한승현 장편소설

WISHBOOKS MODEN FANTASY STORY

리버스 슬러거

KB012760

리버스 슬러거 3

한승현 장편소설

초판 1쇄 찍은 날 | 2018년 7월 6일
초판 1쇄 펴낸 날 | 2018년 7월 13일

지은이 | 한승현
펴낸이 | 예경원

기획 | 위시북스
편집책임 | 이규재
편집 | 이즈플러스

펴낸곳 | 예원북스
등록번호 | 제396-2012-000132호
등록일자 | 2012. 7. 25
KFN | 제1-283호

주소 | 경기도 고양시 일산동구 호수로 646-24 위너스21Ⅱ빌딩 206A호 (우)10401
전화 | 031-819-9431 팩스 | 031-817-9432
E-mail | yewonbooks@naver.com

ISBN 979-11-89348-34-2 04810
        979-11-6098-992-2 (set)

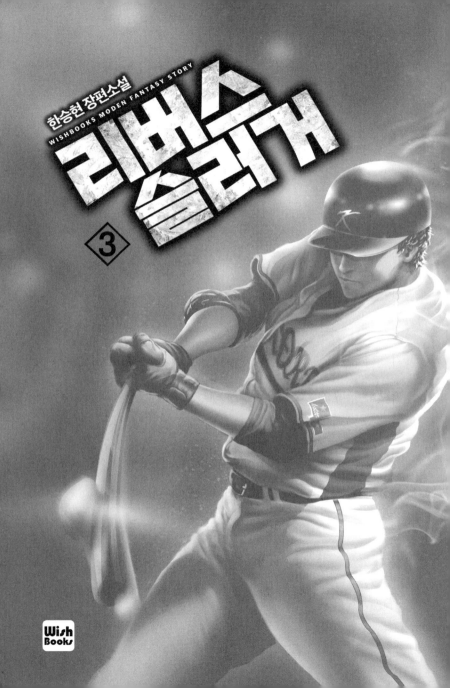

한승헌 장편소설
WISHBOOKS MODEN FANTASY STORY

리버스 슬러거

3

Wish Books

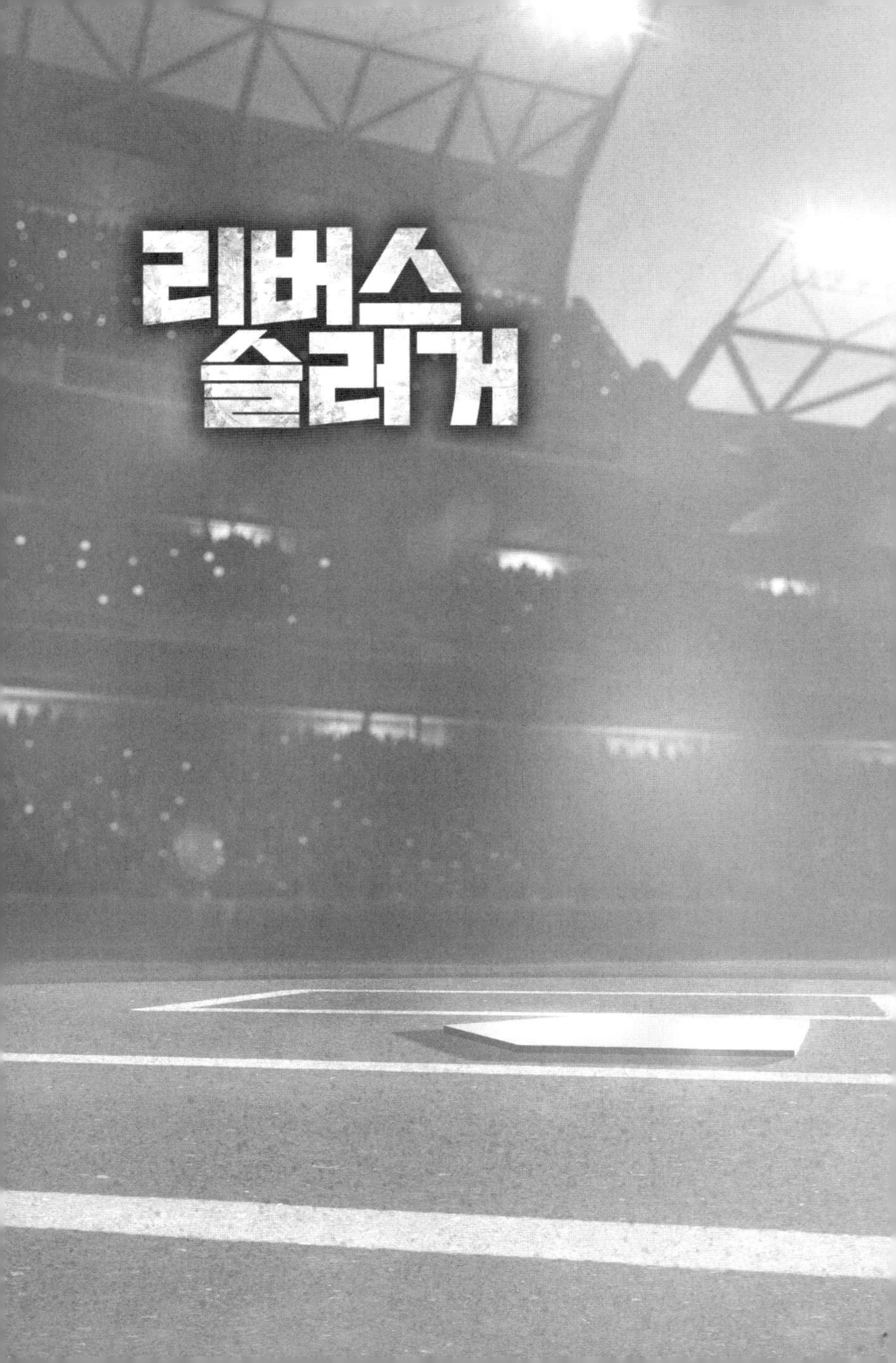
리버스
슬러거

CONTENTS

12장
한정훈 쟁탈전

1

한정훈의 동점 적시타와 강승혁의 결승타에 힘입어 대한민국 청소년 야구 대표팀은 미국 대표팀을 4 대 2로 꺾고 우승을 차지했다.

대회 MVP는 대회 타격 타이틀을 싹쓸이한 한정훈에게 돌아갔다.

"정훈아, 축하한다."

"미안해요, 형."

"미안하긴 뭐가 미안해? 나도 네 덕분에 홈런왕 됐는데."

4번 타자로서 자존심이 상할 만도 했지만 강승혁은 진심으로 한정훈을 축하했다.

오히려 한정훈이 결승전에서 홈런 욕심을 버려준 덕분에 공동 홈런왕이라도 될 수 있었다고 고마워했다.

　하지만 6회 말, 제이크 카메론의 커브를 때려내면서 한정훈이 머릿속에 그렸던 건 홈런이었다.

　'이거 승혁이 형한테 미안한데. 한국 들어가면 밥 한번 거하게 사야겠다.'

　다음 날.

　든든히 아침을 먹은 청소년 대표팀은 귀국길에 올랐다.

　썬더베이를 출발해 벤쿠버로. 다시 인천으로.

　장장 16시간의 여정이 이어졌지만 인천 공항에 도착한 선수들은 다들 눈이 반짝거렸다.

　"야, 야. 저기. 저쪽 좀 봐봐."

　"이쪽도 장난 아냐. 사진 찍는다. 웃어."

　인천 공항에는 적지 않은 취재진이 몰려와 있었다.

　출정식을 가질 때까지만 해도 십여 명에 불과했는데 막상 우승을 하고 나니 방송 3사는 물론이고 종편까지 카메라를 들고 나타났다.

　선수들은 혹시라도 TV에 나올까 봐 최대한 환한 얼굴로 취재진을 맞았다.

하지만 애석하게도 취재진의 관심은 오직 한 명에게 쏠려 있었다.

"한정훈이다!"

"한정훈 선수! 여기 좀 봐요!"

"한정훈 선수! MVP를 탔는데 소감이 어때요?"

기자들은 앞다투어 한정훈에게 질문을 던졌다. 카메라 플래시는 물론이고 방송용 카메라도 한정훈을 쫓아 움직였다.

하지만 한정훈은 가볍게 미소 지을 뿐 아무런 대답도 하지 않았다.

"공식적으로 기자회견을 할 때까지는 아무 말도 하지 마라. 알았지?"

비행기에서 내리기 전 최인섭은 한정훈에게 신신당부를 했다. 혹시라도 말실수를 했다가 구설수라도 오를까 봐 걱정한 것이다.

한정훈은 최인섭의 조언을 충실히 따랐다.

몇몇 기자가 끈질기게 핸드폰을 들이밀었지만 못 들은 척 최주찬의 뒤만 따라갔다.

"지나갈게요. 잠시만요."

최주찬은 밀려드는 기자들을 몸으로 막으며 길을 열었다. 한정훈의 뒤쪽은 강승혁이 책임졌다.

덩치 좋은 최주찬과 강승혁이 한정훈의 보디가드를 자처하자 극성스러운 기자들도 한정훈을 포기할 수밖에 없었다.

"그럼 지금부터 기자회견을 시작하겠습니다."

청소년 대표팀은 협회가 미리 준비한 기자회견장으로 향했다. 그곳에서도 대부분의 시선은 한정훈을 따라 다녔다.

하지만 공항에서처럼 막무가내는 아니었다. 협회의 가이드에 따라 기본적인 문답 시간을 거친 뒤 추가 시간에 한정훈에게 질문을 하는 정도였다.

하지만 한정훈은 모든 질문에 답하지 못했다.

"한정훈 선수, 이번 대회 준비하면서 힘들었던 점 있나요?"

"아, 그 질문은 제가 대신 대답하겠습니다."

"한정훈 선수, 음식은 입맛에 맞았나요?"

"하하, 저뿐만 아니라 선수 모두 매끼마다 배부르게 잘 먹었습니다."

민감하다 싶은 질문만 나오면 최성철 이사가 한 발 먼저 마이크를 낚아채 버렸다.

"이번 대회, 가장 고마웠던 사람이 있다면요?"

최성철 이사의 훼방에 짜증이 난 배지연 기자가 어금니를 꽉 깨물며 물었다.

그러자 잠시 망설이던 최성철 이사가 마이크에서 손을 놓았다.

한정훈의 입을 철저히 통제하라는 지시를 받긴 했지만 이 질문에 대해서는 대신 답을 하기 어려웠다.

'뭐 친한 선수나 몇 명 말하고 말겠지.'

최성철 이사는 한정훈을 16살 소년으로 봤다.

설사 협회에 불만이 있더라고 그걸 겉으로 드러내지는 못할 거라 여겼다.

그러나 한정훈은 평범한 16살이 아니었다.

"일단 부족한 저를 대표팀에 뽑아주신 박찬오 감독님 고맙습니다. 주변에서 반대가 많다고 들었는데도 기회를 주서서 정말 감사합니다. 그리고……."

한정훈은 마치 시상식 수상 소감을 하듯 함께 고생한 모든 사람의 이름을 열거했다.

마지막에는 최성철 이사까지 덧붙이며 협회의 지원에도 고마움을 표했다.

하지만 기자들의 수첩에는 전혀 다른 이야기가 적혀 있었다.

[협회. 한정훈 반대.]
[한정훈 반대. 누구?]

"크흠, 혹시나 싶어 드리는 말씀입니다만 특별히 한정훈 선수를 반대하거나 그랬던 건 결코 아닙니다. 선수 선발 과정을 거치다 보면 다양한 이야기가 나오게 마련이니까요. 괜한 추측성 기사는 지양해 주시기 바랍니다."

뒤늦게 최성철 이사가 수습에 나섰지만 공감하는 기자들은 극히 드물었다. 그로부터 몇 시간 뒤.

[미운 오리 새끼 한정훈, 썬더베이 신화 쓰다!]
[주변 반대 무릅쓰고 한정훈 발탁! 박찬오 감독의 선견지명이 통했다!]

기사들의 어조가 달라지기 시작했다.

└뭐야? 협회에서 적극 지원한 결과라며?
└내 이럴 줄 알았다. 한국 협회가 그러면 그렇지.
└협회에서 파격적으로 한정훈 선발했다는 기사는 뭐냐? 협회 찌라시냐?
└그래도 박찬오 감독 선임한 건 잘한 거 아닌가?
└감독도 중요하지만 선수 선발이 더 중요하지. 세계적인 명장들 데려다놓고 인맥 축구 하자는 축협이랑 다를 게 뭐냐?
└와, 생각해 보니 열 받네. 한정훈 엄청 구박받았을 거 아냐?
└그러게, 협회 눈치 보여서 밥이나 제대로 먹었겠어?

야구팬들은 기다렸다는 듯이 협회를 비난했다.

우승 직후 협회가 한정훈 발굴에 앞장선 것처럼 포장했던 기사들까지 전부 들춰내며 협회를 까고 또 깠다.

"이게 뭡니까? 한정훈이 입단속 철저하게 하라고 하지 않았습니까?"

"죄송합니다, 위원장님. 단속한다고 했는데……."

"그걸 지금 말이라고 하는 겁니까!"

"그, 그래도 조만간 1차 지명이니까 그때가 되면 좀 조용하지 않을까요?"

협회는 반박 기사를 내는 대신 물타기에 나섰다. 프로야구 10개 구단의 1차 지명(우선 지명)이 코앞으로 다가온 만큼 대중들의 관심사도 자연스럽게 넘어가길 기다렸다.

[베어스, 최정환의 부상에 고심 깊어져.]

[강승혁인가 김진태인가. 히어로즈, 서린고 투톱 두고 행복한 고민.]

[타이거즈 양현민 우선 지명 확정. 미래의 에이스로 키울 예정.]

[양승민은 과연 라이온즈의 1차 지명을 받을 수 있을까?]

1차 지명의 트렌드는 즉시 전력감이었다.

미래를 보고 약점을 보완하는 구단도 없지 않지만, 대부분의 구단에서는 최소 3년 이내에 1군 무대에 올릴 수 있는 선수를 원했다.

하지만 정작 히어로즈 팬들은 다른 기준점으로 1차 지명을 논했다.

└무조건 강승혁이야. 히어로즈에서 HK포를 부활시켜야 한다고!

└요즘 누가 고교 졸업생 타자를 1차 지명하냐? 김진태야. 가뜩이나 투수 부족한데 김진태 정도면 최소 하위 선발은 해줄 거라고.

└고작 하위 선발 뽑자고 강승혁을 포기하자고?

└고작 하위 선발이라니? 어차피 용병 둘 뽑으면 남는 건 셋인데 그중에 한 자리 차지하는 게 쉬운 줄 아냐?

└나 아는 사람이 서린 고등학교 다니는데 한정훈은 김진태보다 강승혁과 더 친하다고 함.

└확인되지 않은 지인피셜 사절이요.

└다 필요 없고 강승혁이라니까? 테임스 같은 용병 3번에 박아 두고 한정훈 4번, 강승혁 5번 친다고 생각해 봐라. 쩔지 않냐?

└테임즈 같은 용병 구하기가 쉬운 줄 아냐? 차라리 트윈스에서 거포 노망주 받아 키우는 게 빠를 듯.

└빠따 타령 좀 그만해라. 만날 10점씩 뽑으면 뭐 하나? 투수가

없어서 탈탈 털리는데.

└한정훈한테 가려지긴 했지만, 강승혁 정도면 고교 최대어다. 강승혁 메이저리그 안 간다고 하면 빨리 잡아야 해.

└이 멍청이들아, 어차피 2차 지명으로 미뤄도 2라운드까지는 투수 천국이야. 분위기 봐서 1라운드에 강승혁 뽑아도 충분하다니까? 하지만 강승혁 뽑고 김진태 2차로 미루면 100퍼 딴 팀이 낚아챈다고. 그땐 어쩔래?

└아, 몰라. 그냥 박뱅이랑 강훈이 있을 때처럼 홈런 야구하자. 우리가 언제부터 선발 야구 했다고 이 난리야?

히어로즈 팬들은 강승혁과 김진태를 두고 팽팽히 맞섰다. 덕분에 팬들의 의견을 참고하려던 히어로즈 구단도 좀처럼 결론을 내지 못했다.

"선배, 이제 사흘 남았는데 히어로즈는 이직이에요?"

기사 작성의 압박에 시달리던 배지연이 마당발 고상식을 찾았다.

"거긴 당일까지도 결론 못 낼걸?"

"왜요? 히어로즈 사정상 투수 뽑아야 하는 거 아니에요?"

"일단 현장에서는 김진태인데 프런트는 강승혁을 밀고 있어. 윗선에서 강승혁을 마음에 들어 하거든."

고상식이 슬쩍 고급 정보를 흘렸다.

현장과 프런트의 의견이 갈렸다는 건 히어로즈 출입 기자 중에서도 극소수만 알고 있는 사실이었다.

　　"포지션 무시하고 실력만 놓고 보면 강승혁이 더 낫죠. 하지만 우선 지명은 보통 투수잖아요."

　　"그렇지. 해마다 수백 명의 투수가 배출된다 해도 쓸 만한 녀석들은 찾아보기 어려우니까. 하지만 강승혁도 흔한 타자는 아니잖아."

　　"대표팀 4번 타자였고 공동이긴 하지만 야구 월드컵 홈런왕이니까요."

　　"그에 비해 김진태는 최정환에게 밀리는 감이 있지. 야구 월드컵 때 잘 던지긴 했지만 누가 뭐래도 에이스는 최정환이니까."

　　"그러니까 최정환 대신 강승혁이다, 이런 건가요?"

　　"서건찬과 이정우가 잘 해주고 있긴 하긴 하지만 강정오와 박병오의 계보를 이어 줄 프랜차이즈 스타가 고프겠지. 홈구장이 홈런도 잘 나오고 말이야."

　　"그런데 한정훈 이야기는 왜 자꾸 나오는 거예요?"

　　"뭐긴 뭐겠어. 2년 있으면 한정훈이 올 테니까 미리 타순 짜기 놀이를 하는 거지. 구단에서도 무턱대고 지명했다 잘못되면 두고두고 욕먹을 테니까 팬들 동향을 살피는 거고."

　　"그런데 한정훈이 히어로즈 가는 건 확실해요? 신생 구단 창단한다는 이야기가 끊이질 않는데?"

"그게 말처럼 쉽겠어? 다른 구단에서 선수 내주기 싫어서 죽어라 반대하잖아. 아마 20인이 아니라 25인 외 특별 지명을 한다고 해도 싫다고 할걸?"

"그럼 연내에 신생팀 창단은 물 건너가는 걸까요?"

"그건 또 모르지. 신생팀에서 아예 특별 지명 안 받겠다고 나오면 가능할지도."

고상식이 피식 웃었다. 선수 한 명이 아까운 신생팀에서 타 구단의 전력을 약화시키면서 자신들의 전력을 강화할 규정 인원 외 특별 지명을 포기할 것 같지 않았다.

하지만 기존 구단의 반대에 부딪쳐 시간만 허비하고 있는 정한 그룹 산하 11구단 창단 TF팀(가칭)은 결단을 내릴 수밖에 없었다.

"특별 지명 포기하시죠."

"뭐? 지금 그게 말이야 방구야? 특별 지명 포기하면 선수들은 어쩌려고? 어중이떠중이 데려다가 시합할 거야?"

"대신 신인 지명권 더 받아내고 용병 숫자 늘리면 됩니다. 어차피 창단 첫해에 우승할 것도 아니잖습니까."

TF팀을 총괄하는 김명석 팀장이 조상민 이사를 붙잡고 늘어졌다. 그러자 조상민 이사가 이해할 수 없다는 표정을 지었다.

"갑자기 왜 그러는데? 지난달까지만 해도 21인 미만은 절대 불가라며?"

"그땐 대안이 없었으니까요. 하지만 올해를 넘기면 한정훈을 놓칠지도 모릅니다."

"뭐? 누구?"

"한정훈이요. 왜 일전에 한번 말씀드렸잖습니까. 전국 대회 MVP를 휩쓴……."

"아, 그 선배들 잡아먹는다는 민폐 1학년?"

"네, 그 녀석이 야구 월드컵도 휩쓸었습니다."

"……뭐?"

"그 녀석이 세계 대회에 가서도 똑같은 민폐를 저질러 버렸습니다."

김명석 팀장은 미국 스포츠 매체에서 한정훈에 대해 극찬한 기사의 번역본을 태블릿에 띄워 조상민 이사에게 보여주었다.

프로야구는 빠삭하지만 아마 야구 쪽에는 도통 관심이 없는 조상민 이사를 설득하려면 확실한 근거를 내밀어야 했다.

"흠……. 그러니까 이 녀석을 잡자 이거지?"

꼼꼼히 기사를 살핀 듯 조상민 이사의 눈빛이 달라졌다.

"네, 그때 말씀하셨던 다이노스의 나승범 같은 선수, 그 이상이 될 재목입니다."

"나승범이라."

조상민 이사가 피식 웃었다. 돌이켜보면 TF팀 직원들과 회식을 할 때마다 다이노스의 성공 사례로 나승범을 들먹이긴 했다.

조상민 이사는 나승범 같은 재능 있는 선수를 중심 타자로 키워낸 안목과 야구 철학 없이는 프로야구판에서 살아남기 어렵다고 강조했다.

그러나 그건 어디까지나 10구단인 위즈처럼 되지 말자는 이야기였다.

정말로 나승범 같은 선수를 구해오라는 소리는 아니었다.

"확신해?"

조상민 이사가 툭 하고 속에 있는 의문을 내뱉었다.

말을 하면서도 김명석 팀장이 반문할지도 모른다고 여겼다. 하지만 김명석 팀장은 단 1초의 망설임도 없었다.

"네, 확신합니다."

"내가 무슨 말을 하는 줄 알고……."

"한정훈이 성공할 가능성을 물어보신 거라면 절대적으로 확신합니다. 참고로 이건 제 개인적인 의견이 아닙니다."

"……?"

"TF팀 전략 분석팀과 스카우트팀 전체의 의견입니다."

"허……."

조상민 이사는 순간 말문이 막혔다. 그저 괜찮은 인재 하나 찾아냈다고 자랑하려 달려온 줄 알았더니 이미 내부 의견 조율이 끝난 모양이었다.

"그럼 김 팀장이 알아서 하지 나한테 왜 온 거야?"

조상민 이사가 언짢은 얼굴로 태블릿을 내밀었다.

그러자 김명석 팀장이 두 손으로 태블릿을 받아들며 말을 받았다.

"제가 TF팀 총괄 팀장이긴 하지만 그래도 이사님이 재가를 해주셔야 하니까요."

"내가 무슨 힘이 있다고."

"구단 창단하면 사장으로 오실 예정이시잖습니까."

"아직 확정된 거 아니라니까 자꾸 그러네."

"확정된 게 아닌 거 압니다. 하지만 저희는 이사님이 오시길 갈망하고 있습니다. 진심입니다."

"거참. 사람들 하고는……."

조상민 이사의 입꼬리가 꿈틀거렸다. 아직 방심하긴 이르긴 하지만 김명석 팀장이 저리 말하니 괜히 기분이 좋아졌다.

지금 정한 그룹 내부는 신생 구단 사장 자리를 두고 경쟁이 치열했다.

실적에 대한 부담은 적은 반면 언론의 주목을 확실히 받을 수 있으니 서로들 하겠다고 난리였다.

특히나 최정한 회장의 둘째 아들인 최승민 본부장은 대놓고 사장 자리에 욕심을 부렸다.

FA를 눈앞에 둔 프로 선수들과 친분을 과시하며 자신이 사장이 되면 5년 안에 우승을 시키겠다고 큰소리를 쳐 댔다.

젊고 스포츠에 관심이 많아 보이는 후계자가 나서자 그룹 내부 분위기도 최승민 본부장 쪽으로 조금씩 기울고 있었다.

하지만 신생팀 창단의 지분은 조상민 이사가 압도적으로 많았다.

지난 몇 년간 주말도 반납하며 최정한 회장과 꾸준히 야구를 보러 다닌 것도 조상민 이사고 협회를 들락거리며 11구단 창단의 공감대를 형성한 것도 조상민 이사였다.

TF팀을 만드는 데 앞장선 것도, 단장 대행 자격으로 단장 회의에 참석하는 것도 다름 아닌 조상민 이사였다.

심지어 다저스 구단에서 근무하던 김명석 팀장을 스카우트한 것도 조상민 이사였다.

그렇다 보니 김명석 팀장이 이끄는 TF팀은 조상민 이사 이외의 선장은 생각하지 않고 있었다.

'최 본이 김 팀장 끌어들이겠다고 공을 들인다던데…… 아직 넘어가지 않은 모양이로군.'

조상민 이사가 애써 웃음을 삼켰다. 어차피 최종 결정이야 최정한 회장이 내리는 것이겠지만 김명석 팀장이 계속해서 든

든한 아군으로 남아 준다면 승산은 충분해 보였다.

"크흠, 그런데 말이야. 이 녀석 데려오는 건 가능한 거야?"

"네, 이사님. 현재 서린 고등학교는 히어로즈 팜입니다. 우리가 창단을 한다 해도 서린 고등학교를 넘겨받긴 어려울 겁니다. 하지만 창단 특별 지명을 하면 가능합니다."

"창단 특별 지명이라. 그렇다면 군이 올해 창단할 필요는 없잖아?"

"물론 내년에 창단한다 하더라도 한정훈을 지명하는 건 가능합니다. 하지만 생각해 보십시오. 내년에 창단하면 내후년에 퓨처스 리그를 거쳐야 하는데 한정훈 정도 되는 선수가 1년간 퓨처스 리그에서 뛰는 걸 받아들이겠습니까?"

"여차하면 메이저로 가버릴 수도 있다, 이거지?"

"고교 졸업자고 야수이니 제대로 된 대우를 받을 가능성은 거의 없겠지만 퓨처스 리그보다는 마이너리그가 낫다고 생각할지도 모릅니다."

"흠……. 일단 한정훈까지는 알겠어. 그런데 고작 한정훈 하나 잡자고 규정 인원 외 특별 지명을 포기하는 건 설득력이 떨어지지 않겠어?"

"대신 창단 특별 지명을 더 받아내면 됩니다."

"어떻게?"

"사흘 후면 1차 지명 발표입니다. 이제 와서 우리에게 우선 순위를 달라고 하면 반발이 심하겠죠. 그것까진 인정하는 겁니다. 대신 신인 드래프트 전에 5명을 보장받았으면 합니다."

"3명도 많다고 난리인데 5명이나? 그게 가능하겠어?"

"우리도 포기하는 게 있으니까요. 무엇보다 썬더베이 황금 세대를 잡으려면 이 방법뿐입니다."

"썬더베이 황금 세대?"

"올해 썬더베이 대회에 참여한 선수는 다들 기량이 좋습니다. 한정훈에게 가려지긴 했지만 일각에서는 에드먼턴 세대와 비견될 정도라고 합니다."

"자, 잠깐만. 내가 그쪽은 잘 모르는데⋯⋯."

"그래도 추신우나 이대오, 김택윤은 아시죠?"

"알지. 우리나라 최고의 타자들 아냐?"

"그 선수들을 배출한 게 2000년 에드먼턴 대회입니다. 참고로 그때 우승했죠."

"그래?"

"그리고 2008년도에도 에드먼턴 대회에서 우승했는데 그때 주역이 안치웅, 오지완, 허경인입니다."

"아, 그건 알겠어. 유격수가 워낙 많아서 내야를 나눠 가졌다던 그때 말하는 거지?"

"네. 비록 2000년대 에드먼턴 키즈보다 이름값은 떨어지긴 하지만 2008년 세대도 프로야구를 주름잡는 스타플레이어가 많습니다."

"하지만 아무래도 중량감은 2000년 쪽이 나은 거 같은데?"

"8년이라는 시간의 차이를 무시하기긴 어려우니까요."

"어쨌든, 어느 쪽이야? 언론이 비교하는 건?"

"어느 쪽을 원하십니까?"

"솔직히 2008년도 나쁘진 않지만 가능하면 2000년이었으면 좋겠는데?"

조상민 이사가 솔직한 속내를 드러냈다.

2008년 주축 멤버들도 화려하긴 하지만 2000년대 대한민국 국가대표를 책임졌던 2000년 세대와 비교할 정도는 아니었다.

그러자 김명석 이사가 대답 대신 새로운 기사 하나를 내보였다.

"정답은 여기에 있습니다."

"거참, 그냥 알려주면 될 것을."

조상민 이사가 살짝 미간을 찌푸리며 태블릿을 받아들었다. 그리고 몇 분 뒤.

"좋아. 까짓것 밀어붙이자."

기분 좋게 탁상을 내리쳤다.

2

정한 그룹 산하 11구단 창단 TF팀에서 창단 준비를 서두르는 그 시각.

"정말 이 많은 걸 다 드시겠다고요?"

한정훈의 어머니 신지연은 통 큰 고객을 상대하고 있었다.

"보험이야 많으면 많을수록 좋다고 하셨잖아요."

"그렇긴 하지만 그래도 8개를 한 번에 드시는 건……"

"하하, 걱정하지 마십시오, 여사님. 그 정도 여력은 있으니까요."

30대 중반쯤 보이는 사내가 호기롭게 말했다.

제법 잘 차려입은 옷차림새를 보니 벌이가 나쁠 것 같진 않았다.

하지만 신지연이 걱정하는 건 따로 있었다.

'중간에 해약하면 나만 곤란해지는데……'

계약서에 사인을 한다고 해서 보험 계약이 이루어지는 건 아니었다.

하루 이틀 만에 마음이 바뀌었다고 전화 오는 경우가 절반 이상이었고 몇몇은 제대로 상품 고지를 받지 않았다며 뒤늦게 클레임을 걸기도 했다.

그나마 별 탈 없이 한 달을 넘겨도 안심하긴 일렀다.

반년도 되지 않아 개인 사정상 해약을 요청하는 경우도 다

반사였다.

그래서 신지연은 과도한 보험 계약을 경계했다.

남편이 남긴 유산도 아직 많이 남아 있으니 정말 필요한 보험이 아니면 굳이 권하려 들지 않았다.

"사장님께서 능력 있으시다는 이야기는 들었지만, 다시 한번 생각해 보세요. 기존에 가입하신 보험과 겹칠 수도 있으니까요."

신지연이 다시 한번 사내를 만류했다. 하지만 사내는 씩 웃기만 했다.

돈은 문제될 게 없다는 표정이었다.

"참, 제 소개를 못 드렸죠? 잠시만요."

잠깐 뜸을 들인 뒤 사내가 안주머니에 손을 집어넣었다. 그러고는 손에 집히는 대로 물건들을 하나씩 꺼냈다.

가장 먼저 테이블에 올려진 건 자동차 키였다.

'포르쉐……'

자동차에 대해 잘 모르는 신지연도 한 번에 알아볼 만한 브랜드였다.

그다음으로 가죽 지갑이 나왔다.

명품 좋아하는 최 여사가 틈만 나면 자랑하는 수천만 원짜리 악어가죽 핸드백과 비슷한 느낌의 제품이었다.

그러나 사내는 고작 부를 자랑하려는 게 아닌 듯 안주머니

깊숙이 손을 집어넣은 뒤 얇은 명함 케이스를 꺼냈다.

"받으세요. 저 이런 일 하는 사람입니다."

사내가 명함 한 장을 꺼내 신지연 앞에 내밀었다.

명함 오른쪽 귀퉁이에는 JP 코퍼레이션이라는 상호가 박혀 있었다.

"혹시 무슨 사업을 하시나요?"

신지연이 고객 관리 차원에서 물었다. 그러자 사내가 기다렸다는 듯이 입을 열었다.

"사업까진 아니고 주로 에이전트 업무를 담당하고 있습니다."

"에이전트요?"

"네, 보통 연예인들을 주로 상대했는데 요즘은 스포츠 쪽에 관심을 가지고 있습니다. 이를 테면 신지연 씨 아드님 같은 전도유망한 선수 말이죠."

사내가 한참 만에 본색을 드러냈다.

그러고는 JP 코퍼레이션과 계약할 경우 어떤 일들이 벌어지는지에 대해 장황하게 떠들어댔다.

하지만 신지연은 그 말들을 한 귀로 듣고 한 귀로 흘려 버렸다.

마음 같아선 자리에서 벌떡 일어나고 싶었지만, 영업부 최부장이 소개해 준 고객이라 꾹 참고 버텼다.

"제 말씀 이해하시겠어요?"

"네, 일단 무슨 말인지는 알겠는데 자세한 건 저희 아들하고 이야기해 봐야 할 것 같아요."

"물론 그러시겠죠. 하지만 이것 하나 명심하십시오. JP 코퍼레이션보다 더 좋은 조건을 제안할 수 있는 곳은 없다는 거. 혹여 그런 곳이 있다면……"

"100퍼센트 사기라고요?"

"네, 잘 기억하고 계시네요. 그럼 다음 주쯤에 다시 한번 연락드리겠습니다. 그때는 가능하면 한정훈 선수와 함께 뵀으면 좋겠네요."

제 말을 마친 사내는 보험 서류들을 놔두고 그대로 카페를 나섰다. 그 모습을 조용히 지켜보던 신지연이 쓴웃음을 지으며 서류를 챙겼다.

"우리 아들이 야구를 잘하긴 잘하나 보네. 저런 사기꾼들도 다 들러붙고."

신지연은 JP 코퍼레이션이야말로 사기꾼 집단일 거라 여겼다. 설사 사기꾼이 아니라 하더라도 이런 뻔한 수작으로 접근하는 부류에게 한정훈을 맡길 생각은 눈곱만큼도 없었다.

"애들한테도 미리 말을 해놔야겠어."

신지연은 딸들과의 단체 채팅방을 열어 오늘 있었던 일을 일러주었다.

아울러 피치 못하게 비슷한 부류의 사람과 말을 섞게 될 경우에는 만약을 대비해 무조건 녹음을 해놓으라고 주문했다.

막둥이: 걱정 마, 엄마. 나 그런 거 잘해. 나한테 오기만 해봐. 아예 영상을 찍어버릴 테니까.

한세희, 너한테는 찾아가지도 않거든?

작은딸: 그래 맞아. 어차피 보호자 동의 필요하니까 아마 엄마나 큰언니 찾아가겠지.

큰딸: 그래도 혹시 모르니까 다들 정신 바짝 차리자. 아빠가 예전에 하셨던 말씀 기억하지? 구두 계약도 계약이니까 말 한마디 허투루 하지 말라고 하신 거.

작은딸: 책임질 수 없는 말은 하지 맙시다들!

막둥이: 맞아, 그래서 난 엄마한테 성적 올린다는 말도 안 하잖아.

작은딸: 자랑이다, 한세희.

막둥이: 히힣. 암튼 엄마. 올 때 피자 사와. 알았지?

"그래. 누구 딸들인데."

쉴 새 없이 올라오는 채팅을 보면서 신지연이 씩 웃었다.

아버지 없이 컸다는 소리 들으면 어쩌나 늘 노심초사였는데 이렇게 보니 다들 잘 큰 것 같았다.

"우리 아들은 뭐 하고 있으려나?"

신지연은 채팅방을 바꿔 한정훈에게 메시지를 보냈다.

하지만 훈련 중인지 한정훈은 대답이 없었다.

혹시나 하는 마음으로 한정훈의 답을 기다리며 신지연은 예전의 대화를 쭉 올려봤다.

엄마: 아들, 밥 먹었니?
아들: 네, 먹었어요. 저 연습장 들렸다 좀 늦을 거 같아요.

엄마: 아들, 점심 먹었니?
아들: 네, 먹었어요. 저 이제 훈련 들어가요.

엄마: 아들, 어디니? 엄마가 치킨 사왔는데.
아들: 주찬이 형하고 연습장 왔어요. 제 건 남겨두세요. 꼭이요!

"온통 훈련한다는 얘기뿐이네."

목록을 더 올려봤지만 대화 분위기는 조금도 달라지지 않았다.

만약 다른 누가 봤다면 아들이 애교가 없다며 한 소리 했을지도 몰랐다.

하지만 신지연은 상관없었다. 사춘기 아들이라는 걸 떠나서 자신의 미래를 위해 죽어라 야구에만 열중하는 한정훈이 더없이 대견하기만 했다.

"오늘 소고기라도 좀 사가야겠다."

묵직한 보험 가방을 어깨에 짊어 들며 신지연이 씩 웃었다.

캐나다에 다녀온 이후 고기 좀 먹여야겠다고 마음먹고 있었는데 내친김에 카드를 뽑아들어야 할 것 같았다.

그날 저녁.

"뭐야, 엄마. 피자 사 온다며!"

"피자 대신 소고기 사 왔는데 싫어?"

"소, 소고기! 정말? 이게 다 소고기라고?"

"그만 호들갑 떨고 이것 좀 받아."

"언니! 오빠! 얼른 나와 봐!"

한정훈과 가족들은 모처럼 둘러앉아 소고기 파티를 했다.

"오빠, 캐나다 가니까 어땠어?"

"야, 다 씹고 말해."

"뭐 어때? 우리끼리. 암튼 어땠냐니까?"

"나도 몰라. 야구장하고 숙소밖에 기억 안 나."

"헐, 대박. 캐나다 가서 야구만 하고 왔다고?"

"그럼 넌 내가 놀러간 줄 아냐?"

"와, 진짜 인생 재미없게 산다. 야구만 하지 말고 좀 놀고 그래라."

"그래, 정훈아. 좀 쉬엄쉬엄해."

"난 충분히 즐겁게 살고 있으니까 큰누나는 얼른 연애나 하세요. 지난번에 만난다던 그 은행원은 아직도 잘 만나고 있어?"

"너…… 그 이야기 누구한테 들었어?"

"응? 그, 글쎄. 분명 누나가 해준 거 같았는데 아닌가?"

"아니거든? 나 그 남자랑 지난주에 소개팅했거든?"

"아니면 말고. 커험. 갑자기 덥네. 잠깐 바람 좀 쐬어야겠다."

분위기에 취해 말실수를 하고 만 한정훈은 냉큼 베란다로 피했다.

그사이 한세아는 가족들을 번갈아 흘겨보며 있지도 않은 범인을 색출하겠다고 으르렁거렸다.

"아이고, 이놈의 입이 방정이지."

한정훈은 손바닥으로 제 입을 톡톡 때렸다. 과거에는 관심도 없던 누나들의 연애사를 신경 쓰는 것도 쉽지가 않아 보였다.

그렇다고 기껏 과거로 돌아왔는데 예전처럼 가족들과 데면데면하게 지내고 싶진 않았다.

"아무래도 첩자를 하나 심어놔야겠어."

한정훈의 시선이 한세아를 지나 한세희에게 향했다.

먹을 거 좋아하고 용돈에 눈이 돌아가는 한세희라면 어렵지 않게 끌어들일 수 있을 것 같았다.

하지만 정작 적임자는 따로 있었다.

"어라? 형이 여긴 웬일이야?"

"웬일은 인마. 나도 운동하러 나왔지. 작은 누님도 나오셨어요?"

"주찬! 오랜만이야."

"오랜만은 뭐가 오랜만이야. 엊그제도 봤잖아."

"그, 그랬나?"

"암튼 형 잘 왔다. 우리 누나 좀 지키고 있어. 난 한 바퀴 돌고 올 테니까."

"그래. 작은 누님은 내가 빈틈없이 지킬 테니까 걱정 말고 다녀와."

한정훈은 최주찬에게 한세연을 맡기고 모처럼 제대로 발을 굴렀다.

한세연과 함께 뛰면 모래주머니를 차지 않아도 발이 무거웠는데 한세연을 떼어 놓으니 5㎏이나 되는 모래주머니의 무게가 전혀 느껴지지 않았다.

"앞으로 주찬이 형을 종종 불러야겠는데?"

오랜만에 땀을 쭉 뺀 한정훈은 자신의 다이어트를 위해 최주찬을 이용해야겠다고 마음먹었다.

"내일도 나오라고?"

"왜? 싫어?"

"싫긴 인마. 네가 원하면 나와야지."

최주찬은 군말 없이 야간 조깅에 합류했다.

그러고는 채 보름도 되지 않아 한세연의 마음을 얻어내는 데 성공했다.

"뭐? 둘이 사귄다고?"

"쉿, 정훈아. 엄마한테는 비밀이야."

"뭐야, 하라는 운동은 안 하고."

"할게. 운동도 열심히 할 테니까 다른 사람들한테는 말하지 마. 알았지?"

"계속 비밀 연애하게?"

"그런 건 아니지만…… 아직 주찬이는 고등학생이잖아. 이제 곧 2차 드래프트니까 그때까지만 기다려 줘."

"오케이, 이해했어. 대신 알지?"

"그럼, 필요한 거 있으면 말만 해. 누나가 다 해줄 테니까."

그날 이후로 한세연은 한정훈에게 가족들의 동향을 일일이 보고했다.

덕분에 한정훈도 어렵지 않게 가족들의 개인사를 파악할 수 있었다.

"의외네. 며칠 하다 못 하겠다고 울먹일 줄 알았는데……."

한세연이 충실한 스파이로 돌아서자 한정훈도 생각을 고쳐 먹었다.

"형, 진짜 우리 누나 좋아해요?"

"그, 그럼. 내가 이런 말은 잘 안 하지만 첫눈에 반했다."

"우리 누나가 왜 좋은데요?"

"그야 예쁘고……."

"또?"

"예쁘고……."

"에휴, 내 이럴 줄 알았다."

"내가 예쁜 여자 좋아하는 걸 어쩌겠냐."

"나중에 프로 가서도 그 마음 안 변할 자신 있어요? 스포츠 아나운서들 장난 아니라던데 눈 돌아가고 그러는 거 아니에요?"

"나 승혁이처럼 아무한테나 집적대고 그런 스타일 아니다?"

"여기서 승혁이 형 이야기는 왜 나오는데요?"

"네가 혹시라도 승혁이랑 저울질할까 봐 그러지."

"쳇, 들켰네."

"야, 인마!"

"농담이고. 우리 누나도 형이 좋다는데 어쩌겠어요. 그래서 말인데 이번 협회장기 때 타이틀 하나 땁시다."

"올~ 벌써부터 매형 대접해주는 거냐? 최다 안타왕은 양보하시게?"

"누가 양보한 데요?"

"……?"

"따라고요. 무조건 따요. 나도 최선을 다할 테니까 형도 최선을 다해요."

"헐, 이 나쁜 자식! 차라리 헤어지라 그래!"

"우리 누나를 좋아하는 마음이 고작 이 정도였어요?"

"아무리 그래도 그렇지 괴물하고 어떻게 싸우냐."

"누가 내 타이틀 빼앗으래요? 도루 있잖아요. 도루."

"젠장, 도루 타이틀은 쉬운 줄 아냐? 너 때문에 달린다 싶은 놈들은 전부 도루한다고 난리인데."

"그러니까 이번엔 꼭 형이 1등 해요. 봉황기하고 청룡기 때도 하나 차이로 놓쳤잖아요."

"후우……."

"잘해요, 형. 이번 대회 끝나면 신인 드래프트니까 조금만 더 열심히 하자고요. 알았죠?"

"알았다, 이 나쁜 놈아."

열흘 전 프로야구 10개 구단은 우선 지명 선수를 발표했다.

히어로즈의 선택은 김진태였다. 팬들과 그룹 내부에선 강승혁을 원했지만 계약금 문제와 현장의 요구 때문에 김진태로 선회했다.

히어로즈가 김진태에게 제안한 계약금은 3억 5천만 원. 역대 히어로즈 신인 최고 계약금과 같은 금액이었다.

하지만 김진태는 불만이 가득했다.

라이벌이라 여기는 최정환이 베어스로부터 8억 원을 제안받았기 때문이다.

"아무리 그래도 내가 최정환의 반도 못 받는 건 좀 아니지 않냐?"

우선 지명 이후 정한 그룹에서 11번째 구단의 창단을 선언하자 김진태의 표정은 더욱 어두워졌다.

반면 우선 지명에서 밀린 강승혁은 신생팀에 갈 수 있게 됐다며 기뻐했다.

"형도 꼭 특별 지명받아요. 알았죠?"

"나더러 승혁이 따라가라고?"

"신생 구단에 가야 기회를 잡죠. 규정 인원 외 특별 지명도 포기했다니까 잘하면 내후년부터 1군에서 뛰게 될 수도 있다고요."

한정훈은 내심 트윈스를 욕심내는 최주찬의 마음을 다잡았다. 스트라이프 유니폼 한 번 입어보겠다는 이유만으로 오지완이라는 걸출한 유격수가 있는 트윈스의 지명을 바라는 건 그야말로 미친 짓이었다.

대통령배가 시작되자 아예 최주찬의 옆에 붙어서 잔소리를 늘어놓았다.

"내야 안타도 좋지만 공을 방망이 중심에 맞추려고 노력해 봐요."

"나도 그러고 싶은데 왜 계속 끝에 걸리는지 모르겠다."

"조급하니까 그러죠. 그리고 왜 바깥쪽 공을 자꾸 쫓아다니는데요?"

"그게 처음에는 분명 칠 만한 코스로 들어왔거든? 그런데 막상 치려고만 하면 도망쳐 버려."

"그러니까 생각을 해야죠. 공이 절반쯤 날아왔을 때 바깥쪽에 들어올 것 같았던 공이 마지막에 빠져나가면 그 공은 앞으로도 계속 빠져나갈 거라고요."

"아하, 그러니까 조금 더 안쪽으로 들어오는 공을 노려라, 이 거지?"

"그렇죠. 물론 가끔 그런 공들이 스트라이크존에 걸칠지도 몰라요. 하지만 그걸로 흔들리지 마요. 그냥 운이 나빴다고 여기고 형만의 스트라이크존을 만들어 가라고요."

"짜식, 고맙다. 이제야 감독님이 하시던 말씀이 무슨 뜻인지 이해했다."

"뭘요."

"그런데 왜 그 이야기를 지금 해주는데? 캐나다 가기 전에 해줬으면 좋았잖아."

투덜거리면서도 최주찬은 한정훈의 조언을 충실히 따랐다.

자신을 상대하는 투수들이 필수적으로 던지던 바깥쪽으로 흘러나가는 슬라이더는 아예 쳐다보지도 않았다.

아예 극단적인 방법으로 타격 존 수정에 들어간 것이다.

그 과정에서 몸 쪽 공에 대한 대응 능력이 좋아졌다.

불리한 볼카운트에서 투수들이 몸 쪽을 공략해도 더 이상 당황하지 않고 방망이를 내돌렸다.

따악!

1라운드에서 2개의 안타를 신고한 최주찬은 2라운드와 3라운드에서 연속 4안타를 몰아치며 한정훈을 제치고 최다 안타 1위에 올랐다.

그리고 8강전에서 강호 인창 고등학교를 상대로 홈런이 빠진 사이클링 히트를 때려내며 경기장을 찾은 스카우트들의 시선을 잡아끌었다.

"최주찬 말야. 요즘 장난 아닌데?"

"그러게. 완전히 물이 올랐어."

"내가 예전부터 말했잖아. 최주찬은 저 아웃코스 집착만 버리면 대성할 거라고."

이번 대회 전까지 최주찬의 별명은 땅볼 귀신이었다. 세 번의 타석 중에 두 번은 땅볼을 쳐서 붙은 별명이었다.

물론 발이 빨라서 세 번의 땅볼 중 한 번은 내야 안타로 만드는 재주가 있지만 프로 스카우트들의 평가는 인색했다.

개인 성적을 떠나 타구의 질 자체가 프로 레벨에서 통할 정도는 아니라고 여겼다.

하지만 최주찬이 불방망이를 뿜어대기 시작한 이후로 평가가 180도 뒤집혔다.

"오늘 3개 쳤으니까 벌써 13개째지? 이 추세라면 결승까지 20개 채우겠는데?"

"20개가 뉘 집 개 이름이야? 그리고 준결승 상대는 덕호 고등학교 최정환이거든?"

"또 모르지. 오늘 김강희도 털었는데 최정환이라고 못 털까?"

"그건 그렇고 한뚱은 왠지 싹쓸이 실패할 거 같은데?"

"다른 건 몰라도 도루하고 최다 안타는 힘들어. 투수들이 걸핏하면 거르는데 무슨 수로 안타를 늘려?"

"하긴, 그 와중에도 강승혁하고 홈런 레이스 펼치는 거 보면 대단하다니까?"

"괴물이 괜히 괴물이겠어? 한정훈은 급이 다르다고. 진짜 지금 드래프트에 참가해도 1라운드 지명 확정일걸?"

최주찬이 환골탈태급 활약을 펼치면서 한정훈에 대한 관심은 지난 대회만 못했다.

아무래도 신인 드래프트를 코앞에 두고 있다 보니 3학년인 최주찬의 활약상에 조금 더 초점이 맞춰졌다.

하지만 한정훈은 신경 쓰지 않고 묵묵히 전국 대회 MVP 4연패를 향해 걸어갔다.

8강전까지 성적은.

0.692/0.789/2.00/2.789.

13타점 13득점

19번 타석에 들어서는 동안 4개의 볼넷과 2개의 사구를 얻어냈고 9개의 안타를 때려냈다.

9개의 안타 중 홈런은 4개. 그리고 나머지는 전부 2루타였다.

견제가 심해지면서 안타 수와 홈런 수가 줄어들긴 했지만 전체적인 타격 지표는 크게 흔들리지 않았다.

오히려 견제를 받으면서도 흔들리지 않는 모습을 보이며 상대하는 팀들을 숨 막히게 만들었다.

황금사자기에 이어 4강에서 서린 고등학교를 다시 만나게 된 덕호 고등학교도 한정훈 때문에 골치가 아팠다.

"정환아, 미안하지만 정훈이는 거르자."

덕호 고등학교 김재학 감독은 최정환을 따로 불렀다.

베어스와 해외 진출 사이에서 고민하는 애제자에게 할 말은 아니지만 덕호 고등학교의 결승 진출을 위해선 한정훈과의 승부를 피하는 게 상책이었다.

"알겠습니다, 감독님."

최정환은 대수롭지 않게 고개를 주억거렸다. 팀을 위해 최선을 다하겠다는 다짐으로 김재학 감독을 안심시켰다.

하지만 막상 한정훈이 방망이를 들고 타석에 들어서자 힘겹게 억눌렀던 승부욕이 끓어오르기 시작했다.

'투 아웃에 주자도 없는데 굳이 거를 필요는 없잖아. 안 그래?'

최정환은 초구에 바깥쪽 낮은 코스를 공략해 스트라이크를 얻어냈다.

한정훈은 볼이라 판단하고 방망이를 멈췄지만 구심은 잠시 망설이다 오른팔을 들어 올렸다.

최정환은 2구째 바깥쪽을 파고드는 백도어 슬라이더를 던져 한정훈을 몰아붙였다.

오른쪽 타석의 라인을 따라 들어가다 홈플레이트 쪽으로 살짝 휘어져 들어가는 공이었지만 초구를 잡아 준 구심은 이번에도 스트라이크를 선언했다.

'자, 어떠냐?'

순식간에 투 스트라이크를 잡은 최정환이 입꼬리를 말아 올렸다. 이쯤 되면 한정훈도 약이 오를 거라 여겼다.

포수 박해수도 장단을 맞추듯 유인구성 공을 요구했다.

그러나 한정훈은 3구째 몸 쪽을 파고든 포심 패스트볼을 가볍게 걷어낸 뒤 4구째 바깥쪽으 로 떨어지는 체인지업을 골라내며 최정환의 표정을 굳어지게 만들었다.

'이 자식이!'

순간 발끈한 최정환은 5구째 몸 쪽 깊숙이 슬라이더를 찔러 넣었다.

한복판을 가로지르는 공의 궤적상 한정훈의 방망이가 나올 수밖에 없을 거라 여겼다.

하지만 한정훈은 5구마저 골라내며 볼카운트의 불리함을 없애 버렸다.

그리고 몸 쪽 높게 날아든 6구를 걷어낸 뒤 최정환이 결정 구로 내던진 7구째 커브를 걸러내며 기어코 볼카운트를 가득 채워 버렸다.

"젠장할."

최정환은 질근 입술을 깨물었다.

썬더베이에서 함께 고생한 사이라 좋게 봐주려 해도 타석에서 하는 짓을 보면 자신도 모르게 울화통이 치밀었다.

'참자, 참아.'

애써 분을 삭이며 최정환이 더그아웃 쪽으로 눈을 돌렸다. 한정훈이 타석에 들어선 순간부터 조마조마한 표정을 감추지 못하던 김재학 감독은 기다렸다는 듯이 거르라고 주문했다.

'그래, 정환아. 이 녀석 채워 넣고 승혁이랑 승부하자.'

포수 박해수도 몸 쪽 체인지업 사인을 낸 뒤 미트를 뒤집어 내보였다.

풀카운트에서 어지간하면 한정훈이 욕심내지 않을 볼을 요구한 것이다.

"후-우……."

최정환은 마지못해 고개를 끄덕였다.

하지만 박해수의 요구대로 도망칠 생각은 눈곱만큼도 없었다.

'나 최정환이야. 내가 바로 최정환이라고.'

최정환이 이를 악물고 공을 내던졌다.

후앗!

한복판을 지난 공이 한정훈의 몸 쪽을 파고들었다.

좌타자들이 가장 잘 속는다는 무릎 앞쪽에서 떨어지는 변화구를 통해 한정훈을 잡아낼 생각이었다.

하지만 정작 한정훈은 기다렸다는 듯이 방망이를 내돌려

라인선상에 떨어지는 2루타를 만들어냈다.

"허, 저걸 쳤어."

"진짜 대단하다. 대단해. 풀카운트에서 어떻게 저걸 받아치지?"

경기를 지켜보던 기자들의 입에서 감탄이 터져 나왔다.

최정환이 무리해서 승부를 걸긴 했지만 볼카운트가 꽉 찬 상황에서 유인구를 기다려 받아치는 건 프로 레벨의 선수들에게도 쉽지 않은 일이었다.

"최정환이 못 던진 거야 한정훈이 잘 친 거야?"

"최정환은 슬라이더보다 체인지업을 더 잘 던진다고. 한정훈의 헛스윙을 유도하려고 덤벼들긴 했지만 실투라고 보긴 어려워."

"아니지. 그러니까 실투지. 한뜽한테 덤비긴 왜 덤벼?"

"야, 최 기자. 아무리 그래도 그건 아니지 인마. 최정환이 2년 선배인데……."

"프로 가면 선배 후배가 어딨어? 잘하는 놈이 장땡이지. 암튼 이건 최정환이 욕심부리다 얻어맞은 거야. 아마 지금쯤 김재학 감독 속은 새까맣게 타들어갈걸?"

기자들의 예상대로 김재학 감독은 불편한 심기를 감추지 못했다.

"성진이 준비시켜."

"네? 벌써요?"

"정환이한테 맡겼다가 서린한테 또 깨질지도 몰라. 그러니까 잔말 말고 준비시켜."

"아, 알겠습니다."

신성인 투수 코치는 조용히 장성진에게 다가가 몸을 풀 것을 지시했다.

하지만 강승혁을 중견수 플라이로 잡아내고 실점 위기를 넘긴 최정환은 장성진이 불펜에 갔다는 사실을 전혀 눈치채지 못했다.

"점수 안 내주면 되는 거잖아. 안 그래?"

최정환은 4회 초에도 한정훈과 다시 승부를 벌였다.

선두 타자인 한정훈을 루상에 내보냈다간 여러모로 골치 아플 것 같다는 이유에서였다.

한정훈은 초구와 2구를 지켜본 뒤 3구째 몸 쪽을 파고드는 슬라이더를 힘껏 잡아당겼다.

노리던 공은 아니었지만 스트라이크와 볼의 경계선상으로 날아드는 공을 그냥 내버려 둘 수가 없었다.

하지만 마지막 순간에 공이 손잡이 부근에 걸리면서 높이 솟은 타구는 좌익수 김성규에게 잡히고 말았다.

"이번엔 최정환한테 당했네."

"최정환이 좋은 공을 던졌어."

"맞아, 모처럼 칠 만한 몸 쪽 공이 들어오니까 한정훈도 욕심을 낸 거지."

"그래도 생각보다 멀리까지 날아오지 않았어? 내야도 못 넘길 줄 알았는데."

"한뚱이잖아. 공을 때리는 재주는 타고났다고."

"어쨌든 하나씩 주고받았는데 다음번엔 누가 이길까?"

"어떤 상황이냐가 중요하겠지. 지금까진 운 좋게 주자가 없을 때만 만났잖아. 안 그래?"

최정환이 삼자범퇴로 이닝을 마치자 기자들은 일찌감치 한정훈의 세 번째 타석을 기다렸다.

서린 고등학교 에이스 김진태가 최정환 못지않은 호투를 펼치면서 전광판에는 0의 행진이 이어지고 있었다. 이 지루한 경기의 흐름을 바꿔줄 만한 선수는 역시나 한정훈밖에 없었다.

"관건은 최정환이 5회와 6회를 삼자범퇴로 막아낼 수 있느냐는 건데……"

"하위 타선을 상대하는 5회는 별문제 없겠지만 6회는 쉽지 않을걸? 오늘 최주찬도 제법 잘 맞고 있잖아."

"하긴. 3회에 나온 유격수 직선타는 아쉬웠지. 타구 발사각이 조금만 높았더라도 좌중간을 꿰뚫었을 테니까."

"6회에 최주찬이 스코어링 포지션에 나가고 한정훈이 타석에 들어서면 볼 만할 것 같은데 말이야."

"만약 그때도 최정환이 한정훈을 잡아내면 인정. 하지만 쉽지 않을걸?"

"또 모르지. 한뚱의 득점권 타율 10할 기록을 최정환이 깰지도."

예상대로 5회 초 서린 고등학교의 공격은 삼자범퇴로 끝이 났다.

내년부터 한정훈을 도와 서린 고등학교의 공격을 이끌어야 하는 2학년 트리오 안시원과 이명수, 홍일섭이 공격적으로 방망이를 내돌려봤지만 10억 팔 최정환을 당해내지 못했다.

하지만 6회 초, 박지승의 평범한 땅볼 타구를 유격수 주민호가 더듬으면서 경기의 흐름이 달라졌다.

"괜찮아. 신경 쓰지 마."

최정환은 가볍게 웃으며 주민호에게 손을 들어 보였다. 짜증이 턱밑까지 치밀어 올랐지만 꾹 참았다. 여기서 발끈했다간 좋았던 페이스가 흔들릴 것만 같았다.

"후우……."

애써 마음을 다잡은 뒤 최정환은 1번 타자 최주찬을 상대했다.

초구와 2구, 연속해서 몸 쪽 공을 찔러 두 개의 스트라이크를 잡아낸 뒤 3구째 바깥쪽 체인지업을 던져 최주찬의 방망이를 이끌어냈다.

따악!

볼카운트가 몰리자 최주찬은 예전처럼 바깥쪽 공을 건드렸다.

그리고 타구는 느릿하게 2루수 정면으로 굴러갔다.

'좋았어!'

눈앞을 지나가는 타구를 지켜보며 최정환이 씩 웃었다. 서두르지 않아도 더블 플레이가 가능할 것 같았다.

그런데 1루 주자 박지승이 교묘하게 유격수 주민호의 송구를 방해하면서 발 빠른 최주찬을 살리고 말았다.

거의 간발의 차이였지만 비디오 판독이 없는 아마추어 리그에서 심판의 판정은 절대적이었다.

"민호 저 자식, 자꾸 왜 저러는 거야?"

최정환의 날선 시선이 주민호에게 향했다.

이번에는 주민호가 특별히 실수한 게 없다지만 최주찬이 1루 베이스를 밟고 있는 모습을 보니 치미는 짜증을 참기가 어려웠다.

때마침 2번 타자 송민호가 타석에 들어왔다.

"이 자식도 민호였지?"

최정환은 주민호를 대신해 송민호를 윽박질렀다. 초구에 몸쪽으로 포심 패스트볼을 찔러 넣어 스트라이크를 잡은 뒤 2구째 바깥쪽으로 휘어져 나가는 슬라이더를 던져 헛스윙을 유도

했다.

"크으으!"

앞선 경기까지 3할대 중반의 타율을 기록하던 송민호였지만 최정환의 공에는 전혀 타이밍을 맞추지 못했다.

"이렇게 된 거 맞혀 잡자."

다시 분위기를 잡은 최정환은 삼진 욕심을 버렸다. 대신 더블 플레이를 유도하기 위해 송민호에게 칠 만한 공을 던져 주었다.

후앗!

최정환의 손끝을 빠져나간 공이 한복판을 지나 바깥쪽으로 흘러나갔다.

2구째 보여줬던 슬라이더였지만 송민호의 방망이를 끌어내기 위해 일부러 한가운데를 겨냥하고 던졌다.

그런데 송민호가 마지막 순간에 방망이를 쭉 내밀면서 타구가 변했다.

방망이 밑동에 걸려 땅볼이 되어야 할 공이 방망이 윗부분에 부딪쳐 2루수 키를 넘겨 버린 것이다.

"돌아! 돌아!"

짧은 안타였지만 최주찬은 장기인 빠른 발을 살려 3루를 파고들었다. 그리고 송구가 3루를 향하자 최주찬 못지않게 주력이 좋은 송민호가 2루를 훔쳐냈다.

"그렇지. 이래야 서린이지."

"빗맞은 안타 하나에 2, 3루라니. 대체 연습을 얼마나 한 거야?"

기자들은 그저 혀를 내둘렀다. 고교 야구 최고의 투수인 최정환을 상대로 기죽지 않고 2, 3루 득점 기회를 만들어내는 건 서린 고등학교뿐일 거라며 입을 모았다.

최주찬과 송민호의 화려한 주루 플레이가 관중들의 이목을 잡아끈 사이.

터벅. 터벅.

한정훈이 묵직한 발걸음을 이끌고 타석에 들어섰다.

"한뚱이다."

누군가가 짧게 외쳤다. 순간 모두의 시선이 다시 홈플레이트 쪽으로 향했다.

"1사 2, 3루인데 거를까?"

"설마, 그다음은 강승혁인데?"

"강승혁 오늘 컨디션 별로던데. 앞선 두 타석에서도 안타 없었잖아."

"오늘 최정환한테 안타 친 건 한정훈하고 송민호뿐이야. 안타 없다고 강승혁을 깔 순 없지."

"만약 내가 감독이라면 1루 채우라고 하겠는데 말야."

"무슨 소리야? 에이스를 믿고 맡겨야지. 안 그래?"

"최정환은 위기에 강하다니까? 그래서 메이저리그 스카우터들이 좋아하잖아."

"그건 상대가 한정훈이 아닐 때 이야기고. 황금 사자기 때 한정훈한테 탈탈 털린 거 잊었어?"

"그땐 그때고 지금은 다르지."

"최정환도 고교리그 마지막 경기니까. 그냥 물러서진 않을 걸?"

"그럼 앞으로 최소 2년간은 못 만나는 거잖아?"

"최정환이 메이저리그로 가버리면 기약 없는 거지."

"그렇다면 무조건 이겨야겠는데?"

"그럼, 여기서 지면 두고두고 술안주가 될 거라고."

기자들은 흥미진진한 얼굴로 상황을 지켜보았다.

하지만 김재학 감독은 이 위기가 조금도 즐겁지 않았다.

"신 코치, 성진이는 준비 끝났지?"

"준비야 진즉에 끝났을 겁니다. 몸이 늦게 풀리는 스타일도 아니니까요."

"그럼 정환이한테 가 봐."

"정환이…… 한테요?"

"그래. 가서 말해. 한정훈이 거를 건지 욕심부릴 건지. 죽어도 못 거르겠다면 내려오라고 그래. 나도 오늘 경기 이대로는 포기 못 하니까."

김재학 감독은 여기서 한정훈을 상대하는 건 미친 짓이라고 여겼다.

설사 강승혁에게 장타를 얻어맞더라도 한정훈을 피하는 게 상책이라고 판단했다.

하지만 최정환은 무턱대고 한정훈을 거르라는 김재학 감독이 이해가 가질 않았다.

"코치님, 저 정말 내려가요?"

"기어이 승부할 생각이냐?"

"코치님이라면 어떻게 하시겠어요? 여기서 걸러요?"

"후우……."

신성인 투수 코치가 한숨을 내쉬었다.

라이벌 서린 고등학교에 밀려 올해 무관에 그친 덕호 고등학교와 김재학 감독의 입장을 생각한다면 최정환에게서 공을 빼앗아 드는 게 옳았다.

하지만 그렇다고 자신이 키우다시피 한 애제자의 자존심을 짓밟고 싶진 않았다.

"정환아, 저 녀석 이길 자신 있지?"

"그럼요, 저 최정환이에요."

"그래, 그럼 던져라. 감독님은 내가 어떻게든 설득할 테니까."

신성인 코치는 최정환을 믿고 마운드를 내려왔다.

"뭐래?"

"거르겠답니다."

"확실한 거지?"

"대신 자존심이 있으니 최대한 어렵게 승부하겠답니다."

"후우……. 그래, 알았어. 그 정도는 이해해 줘야지."

김재학 감독은 신성인 코치의 말을 믿었다.

여차하면 다 함께 실업자가 될지도 모르는 처지에 신성인 코치가 거짓말을 할 것 같진 않았다.

최정환은 자신의 공을 믿었다.

"이길 수 있어. 이길 수 있다고."

누레진 공을 단단히 움켜쥐며 최정환이 스스로를 다독였다.

대회 최강이라던 미국 청소년 대표팀을 상대로도 통했던 공이다.

이 공으로 두 살이나 어린 후배를 이기지 못한다는 건 말이 되지 않았다.

'여기서 거르자면 난리를 치겠지.'

눈치 빠른 포수 박해수는 초구에 바깥쪽을 걸쳐 들어오는 포심 패스트볼을 요구했다.

밀어치기에 능한 한정훈에게는 다소 위험한 코스였지만 그렇다고 초구부터 몸 쪽 승부를 걸 수도 없는 노릇이었다.

'좋아.'

사인을 확인한 최정환이 가볍게 고개를 끄덕였다. 그리고 박해수의 미트를 향해 이를 악물고 공을 내던졌다.

퍼엉!

순식간에 18미터를 가로지른 공이 박해수의 미트 속에 파묻혔다. 뒤이어 전광판에 경이로운 숫자가 찍혔다.

157㎞/h

이번 대회 최정환의 최고 구속이 나온 것이다(기존 156㎞/h).

"후우……."

뜨거운 숨을 내쉬며 최정환이 한정훈을 똑바로 바라봤다. 무덤덤한 얼굴 너머로 왠지 뜨악 하는 표정이 숨어 있을 것만 같았다.

그러나 한정훈은 가볍게 방망이를 내돌린 뒤 다시 타석에 들어섰다. 마치 이 정도 구속쯤은 아무것도 아니라는 것처럼 말이다.

'이 자식이!'

최정환은 빠득 이를 갈았다. 그리고 다시 한번 바깥쪽으로 포심 패스트볼을 찔러 넣었다.

퍼엉!

이번에는 전광판에 158㎞/h이 찍혔다.

"와우."

"뭐냐 이거."

경기를 지켜보던 메이저리그 스카우터들과 기자들의 입에서 절로 탄성이 터져 나왔다.

하지만 한정훈의 무덤덤한 표정은 그대로였다. 거칠게 요동치는 박해수의 미트를 쓱 쳐다보긴 했지만 그뿐. 아무 일도 없었던 것처럼 타석을 벗어나 숨을 고른 뒤 다시 방망이를 들어 올렸다.

최정환이 이를 악물고 던진 두 개의 포심 패스트볼이 스트라이크존을 통과하면서 볼 카운트는 투 스트라이크로 바뀌어 있었다.

상황만 놓고 보자면 투수에게 절대적으로 유리했다.

그러나 김재학 감독은 최정환의 승리를 자신하지 못했다.

"아무래도 위험해. 말려야 해."

김재학 감독이 불안한 듯 중얼거렸다. 감독으로서 감은 지금 당장에라도 마운드로 뛰어 올라가라고 말하고 있었다.

하지만 혹시나 하는 기대가 김재학 감독의 발목을 붙들었다.

최정환이 던진 공에 한정훈이 헛스윙이라도 해준다면.

한정훈이 친 타구가 내야 높이 떠준다면.

한정훈을 잡아낸 최정환이 오늘 경기를 끝까지 책임져 준다면.

수많은 희망사항이 김재학 감독의 판단력을 흐트러뜨렸다.

그사이 최정환은 박해수와 사인 교환을 마쳤다.

3구는 몸 쪽 포심 패스트볼.

두 번의 거부 끝에 얻어낸 승부수였다.

"이 공으로 끝낸다."

최정환이 손에 쥔 공을 꼭 움켜쥐었다.

이번 공만 제대로 들어가 준다면 자신감을 가지고 메이저리그에 도전할 생각이었다.

"후우……."

길게 숨을 내쉬며 최정환은 주자들을 차례대로 살폈다.

3루 주자 최주찬은 3루 베이스에 딱 붙어 있었다. 반면 2루 주자 송민호는 리드가 상당히 넓었다.

다른 때 같았다면 빠른 동작으로 2루에 견제 동작을 취해 봤을 것이다.

하지만 최정환은 애써 2루에서 눈을 뗐다. 지금은 고작 2루 주자 따위를 신경 쓸 때가 아니었다.

"후읍."

크게 숨을 들이마신 뒤 최정환은 박해수의 미트를 향해 힘껏 공을 내던졌다.

후앗!

최정환의 손끝을 빠져나온 공이 곧장 홈플레이트로 날아들었다.

코스는 몸 쪽 무릎 높이.

어지간한 좌타자들은 감히 방망이를 내밀 엄두조차 내지 못할 공이었다.

생각보다 빠른 공에 대응하듯 한정훈도 바삐 움직였다.

왼발을 단단히 내디딘 뒤 무릎과 엉덩이를 돌리며 방망이를 끌어냈다.

그리고 왼발 앞쪽에서 맹렬히 회전하는 공을 정확하게 때려냈다.

따악!

묵직한 방망이 소리가 경기장에 울려 퍼졌다. 그와 동시에 최정환의 얼굴이 와락 일그러졌다.

"젠장할! 또 얻어맞다니!"

관중석에서 경기를 지켜보던 최정환의 에이전트 에릭 김도 짜증을 감추지 못했다.

최정환은 에릭 김이 중학교 때부터 점찍어놓고 관리했던 최고의 상품이었다. 건장한 체격에 155㎞/h 이상의 빠른 공을 던질 수 있는 어깨. 그리고 타고난 승부사 기질까지.

메이저리그 스카우터들이 눈독 들일 만한 재능은 전부 갖추고 있었다.

실제 한정훈이 나타나기 전까지만 해도 최정환의 몸값은 250만 달러를 호가했다.

최정환에게 관심을 보이는 구단들은 비공식 루트를 통해 300만 달러까지 지불하겠다는 뜻을 밝혔다.

덕호 고등학교 선배인 류지국이 기록했던 고졸 역대 최고 계약금(160만 달러, 컵스) 경신은 시간문제처럼 느껴졌다.

하지만 황금사자기와 봉황기를 거치면서 최정환의 몸값은 200만 달러 밑으로 내려왔다.

단 한 명뿐이라곤 하지만 천적의 존재가 박찬오와 류현신을 능가할 재목이라던 최정환의 가치를 떨어뜨린 것이다.

18세 이하 야구 월드컵을 통해 반등의 기회를 만들긴 했지만 그것만으로는 부족했다.

그래서 에릭 김은 주변의 반대를 무릅쓰고 최정환의 선발 출장을 밀어붙였다. 한정훈을 잡아내고 실추된 자존심을 회복하자며 최정환을 설득했다.

최정환도 자신이 메이저리그에 갈 자격이 되는지 시험해 보겠다고 고개를 끄덕였다.

그리고 한정훈을 상대로 자신이 던질 수 있는 최고의 공을 던졌다.

그러나 결과는 참담했다. 한정훈에게 4번째 피홈런을 허용하며 경기를 지켜보던 메이저리그 스카우터들을 쓴웃음 짓게 만들어 버렸다.

"후우……."

에릭 김은 땅이 꺼져라, 한숨을 내쉬었다.

힘겹게 200만 달러 수준까지 올려놓았던 최정환의 몸값이 다시 와르르 무너져 내리는 소리가 들리는 것만 같았다.

'180만은 받을 수 있을까? 젠장할. 못해도 170만 달러는 받아야 하는데.'

에릭 김이 걱정스러운 얼굴로 메이저리그 스카우터들 쪽을 바라봤다.

하지만 에릭 김의 우려와는 달리 메이저리그 스카우터들의 반응은 긍정적이었다.

"봤어? 최가 98mile(≒157.7㎞/h)을 던졌다고."

"잘하면 100mile(≒160.9㎞/h)도 가능하겠는데?"

"100mile의 우완 투수는 확실히 매력적이지. 게다가 최는 컨트롤도 수준급이니까."

"홈런을 맞긴 했지만 초구와 2구는 나쁘지 않았다고."

"생각보다 커맨드가 좋아. 천적을 상대로 포심 패스트볼을 던지는 배짱도 마음에 들고."

"마지막 공도 포심 패스트볼이었지?"

"스피드 건에 98mile(≒157.7km/h)이 찍혔으니까."

"3구 연속 98mile이라. 점점 더 마음에 드는데?"

"찬오를 능가할 만한 재목이라더니 완전히 틀린 말은 아닌 모양이야."

메이저리그 스카우터들은 최정환의 포심 패스트볼 승부수를 높이 평가했다.

그동안 좋은 포심 패스트볼을 가지고도 변화구와 제구 위주의 승부를 벌인다는 게 약점 아닌 약점으로 지적되어 왔었는데 위기 상황에서 고교리그 최고의 타자라는 한정훈을 상대로 연거푸 포심 패스트볼을 던지며 윽박지르는 모습이 긍정적으로 비춰진 것이다.

물론 그 이면에는 한정훈에 대한 후한 평가가 크게 작용했다.

"그나저나 한은 정말 대단하군. 아시아인이라는 게 믿어지지 않을 정도야."

"뭐야, 몰랐어? 한은 혼혈이야. 엄마가 미국계라고."

"헛소리 마. 한의 부모는 둘 다 한국 사람이야."

"아니라니까? 내가 오리올스 관계자에게 들었는데……."

"그건 오리올스 멍청이들이 한의 부모 이름을 잘못 표기해서 벌어진 해프닝에 불과하다고."

"아, 그 이야기 들었어. 한의 어머니 이름을 신디라고 썼다지?"

"어쨌든 한의 선조 중에 미국인이 있는 게 분명해. 그게 아니라면 저렇게 야구를 잘할 수가 없다고."

"이봐, 제리. 미국인이라는 사실을 자랑스러워하는 건 이해하겠는데 어디 가서 그런 무식한 소리 하지 마. 듣는 내가 민망해질 정도니까."

"솔직히 한의 혈통이 무슨 상관이야? 야구에 재능만 있으면 그만이지."

"재능도 보통 재능이 아냐. 얼마 전에 로한 마르티네스와 한의 대결을 분석한 다큐멘터리가 나왔는데 소름이 다 돋더라니까."

"나도 그거 봤어. CBS에서 방영한 거지?"

"한은 100.4mile(≒161.6㎞/h)의 포심 패스트볼을 가장 이상적인 위치에서 때려냈다고. 그게 어떤 의미인지 알아?"

"그야말로 타고났단 소리지."

"맞아. 바로 그거야. 저 녀석은 진짜라고. 체격 조건도 좋지만 무엇보다 공을 힘 있게 때려낼 줄 알아."

"방망이 중심에 공을 맞춰내면서 타율 관리나 해대는 다른 아시아 선수들과는 수준이 다르지."

"처음에는 레인저스의 추신우가 떠올랐는데 요즘 보면 레전

드들의 모습이 겹쳐 보인다니까?"

누군가 시작한 한정훈에 대한 호평은 꼬리에 꼬리를 물고 늘어졌다.

그러자 평소 한정훈을 못마땅하게 여기던 양키즈의 스카우터 마틴 브라이스가 못 들어주겠다는 표정을 지었다.

"다들 적당히 해. 누가 들으면 한이 브라이브스 하퍼라도 되는 줄 알겠어."

"솔직히 지금 당장 브라이브스 하퍼와 비교하는 건 무리지. 하지만 미래는 모르는 거야."

"마이크! 제정신이야? 지금 누굴 누구하고 비교하는 거야?"

"흥분하지 말고 냉정하게 봐, 마틴. 한은 정확도 높은 타격을 할 줄 알고 준수한 장타력을 가졌어. 타석에 서면 인내심 있게 공을 지켜볼 줄 알고 중요한 순간에는 도망치지 않고 팀을 위해 결과를 만들어내려 노력한다고. 이런 재능은 결코 흔한 게 아냐."

"그래 봐야 수비도 못 하는 반쪽짜리잖아."

"수비는 훈련을 통해 얼마든지 극복해 낼 수 있어. 그리고 여차하면 아메리칸 리그에 가면 돼."

"그런데 다저스 스카우트가 왜 이렇게 난리야? 아시아 선수들 싼값에 데려다 쓰는 데 맛이라도 들인 거야?"

"비아냥거리지 마, 마크. 한물간 선수들에게 쓸데없이 많은 돈을 퍼주는 양키즈보단 나으니까."

"그만들 싸워. 여기까지 와서 뭣들 하는 거야?"

"어쨌든 난 할 수만 있다면 지금 당장에라도 한을 트윈스에 데려가고 싶어."

"그건 나도 마찬가지야. 아니 여기 있는 모든 사람이 같은 생각일걸?"

다저스 스카우트 마이크 윌슨의 한 마디에 잠시 침묵이 흘렀다.

모두가 한정훈을 노리고 있다는 사실에 긴장감이 감돈 것이다.

그러나 마틴 브라이스는 이 우습지도 않은 한정훈 쟁탈전에 끼고 싶은 생각이 추호도 없었다.

"너희끼리 싸워. 난 저 녀석은 안중에도 없으니까."

"과연 2년 후에도 그런 소리를 할 수 있을까?"

"당연하지. 내가 장담하건데 저 녀석은 거품이야. 아마 내년이 되면 형편없이 무너질걸?"

마틴 브라이스는 한정훈이 실패할 거라 단언했다. 아울러 2년 뒤에는 그 누구도 한정훈을 거들떠보지 않을 거라고 호언장담했다.

하지만 2년 뒤.

"젠장, 내가 또 여길 오다니."

한정훈을 보러 올 일은 없을 거라던 마틴 브라이스는 또다시 목동 구장에 와 있었다.

경기장엔 제법 관중들이 들어차 있었다. 만원까진 아니지만 프로야구 주중 경기 수준은 되는 것 같았다.

그렇다고 다 죽었다던 고교 야구의 인기가 갑자기 살아난 건 결코 아니었다.

봉황기 결승전. 라이벌 매치.

그리고.

"저 녀석."

세 가지 흥행 요소가 묶이면서 경기장이 떠들썩해지고 있었다.

마틴 브라이스는 다시 그라운드로 눈을 돌렸다. 때마침 서린 고등학교의 4번 타자 한정훈이 타석에 들어서 있었다.

마운드에는 덕호 고등학교는 제2의 최정환으로 키웠다는 조재식이 서 있었다.

187㎝의 건장한 키에 최고 구속 155㎞/h에 달하는 포심 패스트볼, 거기에 좌완의 이점까지.

조재식은 메이저리그 스카우터들이 관심을 가질 만한 재능을 갖추고 있었다.

조재식 본인도 최정환처럼 국내에 남지 않겠다며 미국행에 의욕을 드러냈다.

하지만 예년보다 두 배나 몰려든 메이저리그 스카우터 중 조재식에게 관심을 갖는 이는 두 부류뿐이었다.

하나는 한정훈과의 경쟁을 일찌감치 포기한 부류.

다른 하나는 이제 막 스카우트 일을 시작한 부류.

마틴 브라이스는 전자에 가까웠다.

그리고 그의 옆자리에는 후자가 앉아 있었다.

"마틴! 조를 잡으려면 얼마를 줘야 할까요?"

"저 녀석을 잡겠다고? 진심으로 하는 말이야?"

"조 정도면 재능 있잖아요. 올해 26이닝을 던지는 동안 8점밖에 내주지 않았으니까요."

"평균 자책점 2점대 중반의 아마추어 투수를 어디다 쓰겠다는 거야?"

"그거야 키워 보면 알겠죠. 어쨌든 다들 한에게 정신이 팔려 있으니까 잘만 하면 싼값에 데려올 수 있지 않겠어요?"

"왜? 여기서 한 방 얻어맞길 기도라도 해보지."

"그런 기도는 진즉 했다고요."

양키즈의 신참 스카우트 벤 루이스가 짓궂게 웃었다.

그 순간.

따악!

묵직한 파열음이 경기장에 울려 퍼졌다.

"젠장, 또 넘어갔군."

마틴 브라이스가 이맛살을 찌푸렸다. 타격 순간을 보진 못했지만 소리만 들어도 비거리 120m 이상의 장타가 확실해 보였다.

아니나 다를까.

라이너성으로 뻗어나가던 타구를 쫓던 중견수가 이내 걸음을 멈추었다.

뒤이어 경기장 곳곳에서 환호성이 터져 나왔다.

"네 기도가 통했군. 축하한다."

마틴 브라이스가 쓴웃음을 지었다.

"이제 100만 달러 정도면 충분할 것 같아요."

제멋대로 20만 달러의 몸값을 후려치며 벤 루이스도 따라 웃었다.

하지만 애석하게도 조재식을 싼값에 영입해 보겠다던 벤 루이스의 계획은 수포로 돌아갔다.

"전 아직 멀었습니다. 메이저리그는…… 프로에서 열심히 한 다음에 생각해 보겠습니다."

경기 직후 조재식은 메이저리그 진출을 포기했다.

결승전 패전으로 우승과 MVP, 최우수 투수상을 전부 놓쳐 버린 처지에 메이저리그를 꿈꾸는 건 사치라고 인정했다.

"빌어먹을. 저 자식은 왜 이랬다저랬다 난리야."

늦은 점심을 먹으며 직원들과 반주를 주고받던 베어스의 안일수 부장은 재빨리 핸드폰을 꺼내 들었다.

그리고 스톰즈의 김명석 단장에게 곧장 전화를 걸었다.

-네, 전화 받았습니다.

"김 단장님, 접니다. 안일수."

-그렇지 않아도 전화하실 줄 알았습니다. 조재식 선수 때문이죠?

김명석 단장은 언제나처럼 용건부터 꺼내들었다.

혈연, 지연, 학연을 떠나 동종업계 종사자로서 가벼운 안부 정도는 주고받을 수 있을 텐데도 매번 이런 식이었다.

하지만 메이저리그행이 유력했던 조재식을 대신해 1차 지명 선수를 찾느라 골머리가 아팠던 안일수 부장은 감히 불만을 가질 수가 없었다.

"뉴스 보셨군요."

-저희도 아직 한 자리가 비어서요.

"다 채워진 거 아니었습니까?"

-1차 지명까지는 아직 한 달 넘게 남았으니까요.

5월 말부터 시작되는 청룡기가 끝나면 곧바로 1차 드래프트 였다.

재작년에 서둘러 창단한 스톰즈는 규정 인원 외 드래프트를 포기하는 조건으로 당초 2년이던 신생팀 우선 지명권을 3년간 보장받게 됐다.

첫해 5명. 작년에 3명.

1라운드 이후 특별 지명권(5명)까지 요긴하게 사용한 스톰즈는 신인 선수들의 맹활약 속에 현재 퓨처스리그 북부 1위를 달리고 있었다.

최명석 단장은 올해 한정훈을 잡고 화룡점정을 찍고 싶었다.

하지만 작년에 창단한 스타즈의 훼방으로 한정훈 영입이 쉽지 않은 상황이었다.

2017년 초 KBO는 신생팀의 창단 후 프로 리그 진입 제한을 기존 1년에서 2년으로 늘렸다.

프로야구 질적 저하를 막고 신생 구단의 안정적인 전력 수급을 위해 퓨처스 리그를 2년간 거친 후 프로 리그로 진입하도록 규정을 바꾼 것이다.

대신 창단 시점이 신인 드래프트 이전일 경우 드래프트에 곧바로 참가할 수 있도록 조처했다.

2년간 퓨처스 리그에서 뛰어야만 하는 선수들에게도 출전 시간의 절반을 FA 일수로 보장받는 혜택이 주어졌다.

이 규정대로라면 스톰즈는 내년 시즌부터 프로 리그에 진입

할 수 있었다.

반면 작년에 창단한 스타즈는 1년 더 퓨처스 리그에 머무르며 전력을 재정비할 시간을 가져야 했다.

그런데 올해 새로 취임한 우용찬 총재가 프로야구 정상화를 위해 12구단 체제로의 전환을 선언하면서 일이 꼬여버렸다.

스타즈는 전력을 보강할 여유가 없어진 만큼 스톰즈보다 먼저 우선 지명을 행사하겠다고 나섰다.

스톰즈와는 달리 20인 외 특별 지명을 통해 즉시 전력감을 수혈하면서 올해 마지막으로 신생팀 우선 지명권 행사를 사용하는 만큼 손해를 보지 않겠다는 것이다.

스톰즈는 스타즈가 말도 안 되는 강짜를 부린다며 반발했다.

스타즈에게 알짜배기 선수를 빼앗긴 몇몇 구단도 스톰즈와 뜻을 함께했다.

하지만 모두가 스톰즈를 두둔하는 건 아니었다.

지난 2년간 스톰즈의 우선 지명권 행사로 가장 많은 손해를 봤다고 평가받는 수도권 팀은 대승적인 차원에서 스톰즈가 양보해야 한다며 스타즈의 편을 들어왔다. 전력 평준화를 위해서라도 올해만큼은 스타즈에게 우선권을 줄 필요가 있다는 것이었다.

현재 스톰즈에게 우호적인 구단은 타이거즈, 라이온즈, 다이노스, 이글스, 위즈였다. 그리고 수도권 구단들을 포함한 나머지는 스타즈의 손을 들어주고 있었다.

그런데 갑작스럽게 베어스 팜 내 최고 유망주인 조재식이 잔류를 선언해 버렸다.

"제가 어떻게 하면 되겠습니까?"

안일수 부장이 자세를 낮췄다. 스톰즈가 수용 가능한 제안을 해온다면 얼마든지 받아들일 생각이었다.

그러나 김명석 단장은 만만한 상대가 아니었다.

-그건 한재민 단장님이 더 잘 알고 계실 거 같은데요.

보란듯이 공을 베어스 쪽으로 되넘겨 버렸다.

'결국 스타즈의 편을 들지 말라는 건데……'

안일수 부장이 길게 한숨을 내쉬었다. 그러고는 김명석의 양해를 구한 뒤 베어스 한재민 단장에게 전화를 걸었다.

-뭐야? 왜 이렇게 연락이 안 돼?

"스톰즈 김 단장하고 통화 중이었습니다."

-그래? 그래서 뭐래? 요구 조건이 뭔데?

"단장님이 잘 알고 계실 거라고 하던데요."

-뭐? 나 참. 어린놈의 새끼가 미국 물 좀 먹었다고 아주 가관이네?

한재민 단장은 어처구니가 없었다.

메이저리그도 아니고 30대 초반의 젊은 단장이 구단을 이끌 만큼 한국 프로야구는 녹록치 않았다. 그렇다면 적당히 머리를 숙이는 유연함을 보여야 하건만 알아서 하라니. 이건 한번 해보자는 말이나 다름없었다.

-조재식 포기해.

"단장님!"

-조재식 아니면 투수가 없어? 그냥 포기해. 우리는 조재식 못 먹고 스톰즈는 한정훈 못 먹고. 똑같이 피 보면 되는 거지 뭐.

"그래서 우리에게 득이 될 건 하나도 없지 않습니까."

안일수 부장이 한재민 단장을 달랬다.

2016년 한국 시리즈 2연패 이후 이렇다 할 선발 투수 하나 키워내지 못하고 있는 상황에서 조재식을 버리는 건 너무 아까운 일이었다.

하지만 한재민 단장도 자존심을 굽히지 않았다.

-그럼? 스톰즈 장단에 놀아나면 우리한테 뭐가 떨어지는데?

"일단 조재식의 몸값은 낮출 수 있습니다. 조재식도 내심 스톰즈의 1차 지명을 바라고 있을 테니까요. 스톰즈가 나서지 않는다면 조재식을 7억 이하에서 잡을 수 있습니다."

-조재식한테 7억이나 퍼 주자고? 지금 제정신이야?

"최정환은 10억 줬지 않습니까? 제2의 최정환 소리 듣는데 그 정도는 각오해야죠."

-최정환 작년 성적 보고 하는 소리야? 겨우 10승했다고. 재작년엔 7승밖에 못 했어.

"그래도 작년 후반기에는 잘 던졌잖습니까."

-젠장할! 아무튼, 돈값 하는 놈들이 하나도 없어. 그런데 우리가 얻을 수 있는 게 고작 그것 하나뿐이야?

"그럴 리 있겠습니까. 스톰즈가 특별 라운드에서 지명할 선수 중 한 명 정도는 빼달라고 해야죠."

-그래. 그것까지 스톰즈에서 오케이하면 나도 생각 바꾼다고 전해.

"탁월한 선택이십니다."

-아부 떨 시간에 일이나 제대로 해. 그래야 나도 윗분들에게 별말 안 듣지.

"넵, 명심하겠습니다."

-그런데 말야. 스타즈가 조재식 낚아채진 않겠지?

"그랬다간 내년 시즌도 퓨저스 리그에서 보내야 할 텐데 그런 악수를 두려고요. 한정훈 정도라면 모르겠지만 조재식 가지고 사고치진 않을 겁니다."

-뭐야, 그럼 조재식을 노리는 우리는 뭐가 되는데?

"우리야 우리 밥그릇 찾는 거고요. 어쨌든 조재식과 최정환이 3, 4선발로 활약해 주면 앞으로 10년간 선발 걱정은 없을 겁니다."

-후우……. 제발 그렇게 좀 됐으면 좋겠다.

한재민 단장의 승낙을 받아 낸 안일수 부장은 다시 김명석 단장과 협상을 진행했다.

"그러니까 스타즈의 1군 등록은 허용하되 지명 우선권은 그대로 가자는 거죠?"

-그렇게 하면 서로 윈윈하는 거 아니겠습니까?

"흠……. 좋습니다. 그렇게 하시죠. 대신 나중에 말 바뀌면 저희도 그냥은 안 넘어갑니다."

-하하, 이번 단장 회의 끝나고 신인 드래프트인데 우리가 미쳤다고 그러겠습니까?

"알겠습니다. 그럼 그렇게 알고 진행하도록 하겠습니다."

김명석 단장이 뜨거워진 핸드폰을 귀에서 떼어 냈다. 그러고는 조상민 사장을 바라보며 씩 웃었다.

"됐습니다."

"그래? 그렇게 하겠다고 해?"

"조재식을 잡으려면 별수 있나요."

비록 한정훈이라는 괴물에 가려지긴 했지만, 조재식은 현 고교 투수 랭킹 1위였다.

최정환에 비할 정도는 아니라 해도 선발감이 부족한 구단이라면 눈 딱 감고 달려들 수밖에 없었다.

"그런데 우리가 너무 손해 보는 거 아닌가?"

"고영찬 대신에 스타즈가 눈독 들이고 있는 장세환 데려오면 됩니다."

"또, 또 그런다. 그냥 좋게 좋게 하면 안 되겠어?"

"먼저 남의 떡에 코 묻힌 건 스타즈입니다. 우리가 양보할 이유가 없죠."

"우리가 고영찬 포기하고 장세환 데려가면 스타즈 표정이 볼 만하겠구만."

"아마 베어스하고 스파크 좀 튈 겁니다."

"스타즈가 고영찬을 스틸할까?"

"아마 못 할 걸요. 듣기로 스타즈가 베어스하고 은밀히 트레이드 진행 중이라는데 그거 깨지면 내년 시즌 꼴지 확정입니다."

"남의 집 이야기는 그만하고, 우리는 어때? 한정훈. 잡을 수 있겠어?"

조상민 사장이 화제를 돌렸다.

조재식을 양보하면서까지 스타즈의 우선 지명 새치기를 막은 건 다름 아닌 한정훈 때문이었다.

"그룹에서 실탄만 확실히 챙겨준다면 어렵진 않을 거라고 생각합니다. 다만……"

"다만?"

"지금의 몸값이 계속 유지될지는 장담하기 어렵습니다."

2017년 창단을 선언한 스톰즈는 타 구단이 우선 지명을 했다는 이유로 신생팀 우선 지명권을 2장 더 얻어냈다.

그리고 타 구단의 우선 지명을 받지 못한 썬더베이 주축 멤버를 전부 쓸어 담았다.

최정환과 더불어 고교 최대어였던 강승혁에게는 역대 야수 최고 계약 금액인 8억을 안겨줬다.

최주찬도 예상보다 많은 3억 5천만 원을 제시해 계약서에 도장을 받아냈다.

이외에도 수비 능력이 좋다고 평가받던 포수 박지승(1억 5천만 원)과 대명 상고 에이스 조석훈(3억), 휘명고 마무리 오승일(2억)까지 데려왔다.

5명의 선수를 영입하는 데 들어간 돈만 18억 원.

그것으로도 모자라 신인 드래프트를 통해 15명의 선수를 추가하며 창단 첫해만 26억의 지출을 기록했다.

작년에도 스톰즈는 아시아 청소년 야구 선수권 대회에 출전한 주축 선수들을 영입하며 21억을 썼다.

거기에 2차 드래프트를 통해 6억을 추가 지출하며 신생 구단에 어울리지 않는 씀씀이를 보였다.

하지만 정한 그룹은 돈 쓰는 것에 인색하지 않았다. 올해도 신인 선수들 영입에 무려 30억을 배정해 스톰즈 구단을 확실히 밀어주고 있었다.

"별걱정을. 설마 우리가 한정훈 하나 못 데려올까."

조상민 사장이 피식 웃었다. 다른 건 몰라도 돈 때문에 한정훈을 놓칠 일은 없을 거라고 장담했다.

현재 거론되는 한정훈의 몸값은 12억 전후. 역대 신인 최고 계약금이자 2년 전 강승혁이 기록했던 역대 야수 최고 계약금의 150퍼센트에 달하는 수준이었다.

조상민 사장은 여기에 최대 3억 정도를 더 얹어 줄 생각을 하고 있었다.

그 정도면 메이저리그 진출을 놓고 고심하는 한정훈의 마음을 충분히 돌릴 수 있다고 판단했다.

그러나 김명석 단장의 생각은 달랐다.

"이제 곧 야구 월드컵입니다. 한정훈이 지난 대회만큼 활약한다면 몸값이 폭등할지도 모릅니다."

"무슨 야구 월드컵을 2년에 한 번씩 하는 거야? 월드컵은 4년에 한 번 아니었어?"

"그건 축구고요. 야구는 격년제입니다."

"전망은 어때? 또 우승할 것 같아?"

"솔직히 전력은 지난 대회만 못 합니다. 하지만 조재식이 있고 한정훈도 있으니 못 해도 결승은 갈 거라는 예상이 많습니다."

"환장하겠군. 이러다 또 우승하는 거 아냐?"

"우승이 문제가 아니라 누가 MVP가 되느냐가 문제입니다. 만약에 이번에도 한정훈이 탄다면…… 대회 역사상 유례가 없는 일이 될 테니까요."

"후우……. 그래서 하고 싶은 말이 뭐야? 한정훈이 MVP를 탄다고 가정했을 때 얼마를 더 준비해야 하는데?"

"그건 저도 계산이 서질 않습니다. 메이저리그 구단들의 오퍼를 지켜봐야 하니까요."

"그래도 대충 예상하고 있는 금액은 있을 거 아냐?"

"그게……."

"뜸 들이지 말고 말해. 얼마야? 17억? 18억?"

"……억입니다."

"……뭐?"

"그것도 최소로 잡은 겁니다."

"……!"

3

나흘 뒤.

KBO 협회 본관에서 열린 사장단 회의에서 스톰즈는 지명 우선권을 지켜냈다.

최소 동률에 우용찬 총재의 표를 더해 판을 뒤집으려 했던 스타즈가 말도 안 된다며 방방 뛰었지만 결과는 달라지지 않았다.

사장단 회의에 촉각을 곤두세웠던 선수들은 저마다 가슴을 쓸어내렸다.

"그러니까 이번에도 스톰즈가 먼저라는 거지?"

"그럼 진짜 이 악물고 해야겠다."

드래프트를 앞둔 선수들은 하나같이 스톰즈의 지명을 받길 원했다.

신생 구단이지만 스타즈에는 베테랑이 득실거렸다.

20인 외 특별 지명과 2차 드래프트, 트라이아웃을 통해 들어 온 인원까지 30명이 넘는 외부 선수가 자리를 잡고 있었다.

반면 스톰즈 선수단은 대부분 신인이었다.

외부 선수라고는 2차 드래프트를 통해 데려온 이들을 포함해 5명이 전부였다.

단순히 내부 경쟁만 놓고 보자면 스톰즈가 훨씬 매력적이었다.

게다가 스타즈는 계약금도 짰다.

최하위 라운드 선수의 자존심을 지켜 주겠다며 최소 5천만 원의 계약금을 보장하는 스톰즈와 달리 스타즈는 고작 몇 백만 원 아끼자고 선수들 자존심을 긁어댔다. 심지어 벌써부터 신인 선수들을 트레이드 매물로 내놓으려 한다는 소문도 나돌았다.

"스톰즈야. 스톰즈만이 살 길이라고."

"나 스타즈에서 지명받으면 미국 갈 거야. 말리지 마."

스톰즈의 눈도장을 받으려는 선수들의 몸부림 덕분에 청룡기의 열기는 그 어느 때보다 뜨거웠다.

그러나 정작 스톰즈 구단은 신생팀 특별 지명은 물론이고 우선 지명자까지 일찌감치 정해 놓은 상태였다.

2주간의 일정이 끝나고 서린 고등학교가 청룡기 5연패를 달성하자 스톰즈 구단은 망설이지 않고 곧바로 2명의 신생팀 우선 지명을 단행했다.

1순위 지명은 당연히 한정훈.

그리고 2순위로 서린 고등학교 투수 민찬기를 지명했다.

"뭐야, 왜 민찬기야?"

"조재식 뽑는 거 아니었어?"

잘하면 청소년 국대 투타 에이스를 한꺼번에 잡을 수 있을지 모른다고 기대하던 스톰즈 팬들은 당혹감을 감추지 못했다.

민찬기가 김진태-김성찬의 대를 이어 서린 고등학교 에이스 자릴 물려받으며 고교 투수 빅4로 불리긴 했지만 솔직히 조재식에 비할 정도는 아니었다.

└분명 뭔가 있어.

└뻔하지. 김명석 이 인간. 베어스 쪽하고 뒷거래가 있는 게 틀림없어.

눈치 빠른 몇몇 팬은 김명석 단장과 베어스의 밀월 관계를 의심했다.

그러나 김명석 단장은 오래전부터 민찬기를 지켜보고 내린 결정이라며 자신을 향한 루머를 일축했다.

대신 1차 지명 때 팬들이 원하던 선수의 이름을 언급하며 팬들의 불만을 달랬다.

덕호 고등학교 정수인.

황금사자기-봉황기-청룡기에서 연속 4할을 때려낸 호타준족 외야수였다.

└드디어 테이블 세터가 완성됐다!

└아직 설레발은 이르지. 퓨처스에서 2년은 굴려 봐야 하잖아.

└그래도 정수인은 잘할걸? 맞추는 재주 하나는 타고났으니까.

└이렇게 되면 최주찬-정수인-한정훈-강승혁으로 이어지는 타선이 완성되는 건가!

└중간중간에 용병 집어넣어야지. 그리고 제아무리 한정훈이라

해도 프로 첫해부터 3번은 무리야.

└그래 맞아. 클린업 용병으로 둘 채우고 한정훈 5번, 강승혁 6번. 이게 딱임.

└대박. 퓨처스 리그 씹어 먹는 4번 타자가 6번까지 밀리다니. 우리 스톰즈가 그렇게 대단한 팀이었어?

└그 와중에 한정훈은 클린업 무혈입성.

└한정훈 퓨처스도 생략했는데 강승혁 제치는 건 좀 오버 아니냐?

└아직도 한정훈 가지고 시비 터는 놈들은 아가리 싸물고 야구 월드컵 쳐 봐라. 꼭 봐라, 두 번 봐라. 그럼 우리가 어떤 괴물을 지명했는지 알게 될 테니까.

└난 솔직히 걱정된다. 한뚱 엄청 잘해서 미국 갈까 봐.

└나도 나도. 진짜 한뚱 보려고 스톰즈 응원하고 있는데 미국 가면 팀 갈아탈 거임.

└한정훈 곧바로 미국 안 갈걸? 한정훈이 아무리 고교리그 씹어 먹어도 메이저리그 기준으론 수준 미달이라고.

└하긴. 분명 마이너에서 몇 년 굴릴 텐데 한정훈이 굳이 가서 고생할 필욘 없지.

└마이너 가느니 프로에서 경험 쌓다 메이저 직행하는 게 백번 나음. 해외 진출 자격 6년으로 줄어들었잖아.

└대표팀으로 활약해서 성적 내면 4년만 채워도 가능함.

└일기는 일기장에 써라. 한정훈 백퍼 미국 간다.

└멍청아, 메이저리그 구단들은 한정훈 눈높이 못 맞춘다니까? 두고 봐라. 말도 안 되는 계약서 들이밀 테니까.

스톰즈와 스타즈의 신생팀 우선 지명과 12개 구단의 1차 지명이 끝나고 일주일 후.

캐나다 썬더베이에서 다시 한번 18세 이하 야구 월드컵이 시작됐다.

한국은 미국, 네덜란드, 쿠바, 멕시코, 남아프리카 공화국과 함께 A조에 편성됐다. 조편성 결과를 전해 들은 팬들은 그야말로 죽음의 조라며 혀를 내둘렀다.

강력한 우승 후보인 미국과 아마 야구 최강 쿠바 그리고 다크호스 네덜란드와 멕시코까지 남아프리카 공화국을 제외하고 한국이 만만하게 여길 나라가 없어 보였다.

하지만 한국은 첫날 멕시코를 상대로 7회 콜드 게임 승리를 거둔 뒤 둘째 날 미국을 6 대 5, 한 점 차로 격파하며 야구팬들의 심장을 두근거리게 만들었다.

다음 날 남아프리카 공화국을 5회 콜드 게임으로 제압한 청소년 대표팀은 네덜란드를 10 대 4로 대파한 뒤 쿠바까지 7 대 5로 잡아내며 조 1위로 슈퍼 라운드에 진출했다.

└헐, 대박. 이거 실화임?

└내친김에 전승 우승 가자!

└내가 뭐랬냐. 한정훈 캐나다 가서 또 사고 칠 거라고 했지?

└진짜 한정훈은 난 놈이긴 난 놈이다. 어떻게 루상에 주자만 있으면 홈런이냐?

└진짜 우승 각이다. 미국이고 쿠바고 우리 상대가 안 된다.

└벌써부터 설레발 치지 마라. 4년 전에도 전승으로 올라가서 3, 4위전으로 떨어진 거 까먹었냐?

└븅신아, 그땐 슈퍼 라운드에서 일본, 미국한테 깨진 거고. B조에서 올라온 게 일본, 캐나다, 대만이거든?

└캐나다하고 대만은 껌이고 문제는 일본인데. 한정훈 하는 거보면 일본도 잡을 거 같은데?

└아, 진짜. 스톰즈 팬인데 한정훈 때문에 미치겠다.

└나도 나도. 한정훈 홈런 칠 때마다 나도 모르게 소리 지르다 다시 한숨 내쉰다. 젠장, 이러다 진짜 미국 가면 어쩌지?

  남아프리카 공화국전을 제외하고 예선 4경기에 선발 출전한 한정훈은 4개의 홈런과 3개의 2루타를 때려내며 지난 대회 MVP의 존재감을 뽐냈다.

  하지만 CBS를 비롯한 해외 주요 언론은 한정훈보다 미국의 4번 타자 조이 버튼을 주목했다.

└왜 이렇게 조이 버튼을 빨아대는 거야?

└캐나다 대회고, 같은 백인이고 한정훈은 지난 대회에서 다 해 먹었고, 아시아인이 주목받는 건 별로고, 뭐 그런 거지.

└소름 끼치게 예리한 분석임. 나도 딱 그 생각했음

└그래도 이건 아니지. 조이 버튼이 한정훈보다 나은 건 홈런 숫자밖에 없잖아.

└조이 버튼 6개 >>>> 한정훈 3개. 이걸로 게임 끝.

└조이 버튼은 남아프리카 공화국전에서만 3연타석 홈런 쳤거든?

└억울하면 한정훈보고 홈런 치라 그래. 홈런왕은 링컨을 타지만 나머지는 포드나 몬다는 말 몰라?

└홈런왕은 캐딜락이거든?

└어쨌든. 한정훈도 이제 한 물 갔어. 일본의 나카무라 신지도 4개를 쳤다는데 3개가 뭐냐 3개가.

참가한 전국 대회마다 홈런왕을 휩쓸던 한정훈이 홈런 레이스에서 밀리자 일각에선 우려의 목소리가 흘러나오기도 했다.

하지만 한정훈은 슈퍼 라운드에서만 4개의 홈런을 추가하며 예전만 못하다는 말을 쏙 들어가게 만들었다.

└이게 바로 한정훈이다. 무슨 말이 더 필요할까?

└진짜 핵소름이다. 일본 에이스 상대로 홈런 친 거 봤냐?

└더그아웃 가서 눈물 글썽거리던데. 좀 짠했음.

└난 겁나 속 시원하던데?

└맞아, 삼진 잡을 때마다 꽥꽥 소리 지르는 거 엄청 꼴 보기 싫었음.

└어쨌든 조이 버튼 따라잡았다.

└조이 버튼은 양학이야. 진짜는 한뚱이라니까?

└그런데 홈런 레이스만 놓고 보면 한정훈이 불리한 거 아니냐? 우리는 일본하고 결승인데 미국은 대만 상대잖아.

└괜찮아, 조이 버튼이 3, 4위전에서 홈런 치면 한정훈은 결승전에서 홈런 2개 칠 거야.

└조이 버튼이 2개 치면?

└그땐 한정훈이 3개 치겠지.

이틀의 휴식일이 지나고 미국과 대만의 3, 4위전이 열렸다.

슈퍼 라운드에서 주춤했던 조이 버튼은 이날 두 개의 홈런을 추가하며 한정훈을 제치고 홈런 랭킹 1위에 올랐다.

9경기에서 뽑아낸 홈런은 정확하게 9개.

미국 언론은 홈런왕을 예약한 조이 버튼이 4번 타자로서 미국의 자존심을 지켰다며 한껏 추켜세웠다.

대회 중계사인 CBS도 조이 버튼과 한정훈의 홈런 개수를 비교하며 한정훈을 중장거리 타자라고 폄하했다.

"한정훈의 홈런은 대부분 라이너성입니다. 빠르고 정확한 스윙으로 타구의 비거리를 늘리는 스타일이죠."

"확실히 한정훈의 홈런은 시원시원한 맛이 떨어지죠."

"자, 이제 조이 버튼의 홈런을 보세요. 와우! 공을 쪼개는 것 같은 엄청난 스윙입니다."

"투수를 절망하게 만드는 스윙이네요."

"이 정도 괴력이면 지금 당장 메이저리그에 가더라도 20개 이상의 홈런이 가능할 것 같습니다."

하지만 다음 날, 한정훈이 무려 3개의 타구를 담장 밖으로 날려 버리면서 조이 버튼을 이번 대회 최고의 스타로 만들겠다는 언론들의 계획은 수포로 돌아갔다.

2주간의 치열했던 격전은 대한민국 청소년 대표팀의 2회 연속 우승으로 끝이 났다.

대회 MVP는 한정훈이 차지했다.

홈런부터 시작해 타율과 최다 안타, 타점, 득점, 출루율, 장타율에 이르기까지 도루를 제외한 모든 타격 타이틀을 싹쓸이한 한정훈의 경쟁자는 이번 대회에서도 찾아보기 어려웠다.

"으으으, 이제 다 끝났다."

"끝나고 맥주나 한잔할까?"

"맥주 좋지. 모처럼 코가 삐뚤어질 때까지 마시자고."

"좋아, 먼저 뻗는 사람이 술값 내는 거다!"

시상식까지 취재를 마친 기자들은 기사를 송고하고 노트북을 덮었다.

그리고 삼삼오오 모여 뒤풀이를 시작했다.

하지만 메이저리그 스카우터들은 기자들처럼 팔자 편하게 쉴 수가 없었다.

"뭐 하고 있는 거야. 보고서는 아직 멀었어?"

"느려, 느리다고. 그러다 좋은 선수들 다 빼앗기면 책임질 거야?"

대회가 모두 끝났지만 메이저리그 스카우터들은 구단의 독촉 속에 스카우팅 리포트를 작성하느라 정신이 없었다.

이번 대회에 참가한 선수는 12개국 240명.

그중 스카우트에 의해 일차적으로 추려진 명단은 절반이 넘는 145명이었다.

스카우팅 리포트가 작성된 95명의 선수 중 스카우트 팀미

팅을 통해 2차적으로 걸러진 이들은 60명 정도. 구단마다 약간의 차이는 있겠지만 회의석상까지 올라온 이는 35명 전후였다.

파드리스 구단은 36명의 선수를 대상으로 다시 무기명 투표를 실시했다.

그리고 그중 가장 많은 표를 받은 5명을 두고 영입 여부를 논의했다.

"잭 다니엘이라. 캐나다인가?"

"어떻게 알았어요?"

"미국 대표팀은 다 알고 있으니까. 호주 아니면 캐나다인데 아무래도 캐나다일 가능성이 높겠지."

"레즈의 조이 바토 같은 스타일이에요. 정확도와 장타력도 좋지만 무엇보다 타석에서 침착하죠."

"발은 어때? 선호 타순은?"

"대표팀에서 5번을 쳤어요. 주력은 평균 이하예요."

"그렇다면 클린업 쪽으로 밀어 넣어야 한다는 소리인데……5년 안에는 써먹을 수 있는 거야?"

AJ 프레들리 단장이 못마땅한 표정을 지었다. 그러자 어디선가 우스갯소리가 들려왔다.

"정 안 되면 레즈에 팔아버리면 되죠. 레즈도 조이 바토의 후계자를 찾고 있을 테니까요."

"아주 좋은 의견이야, 프레드. 제발 부탁이니까 5년 뒤에는 레즈에 있으라고. 그래야 이 녀석을 팔아먹지. 안 그래?"

AJ 프레들리 단장은 고개를 흔들며 젝 다니엘의 보고서를 옆으로 밀쳤다.

그리고 두 번째 보고서를 확인하고는 씩 웃었다.

"조이로군."

"네, 조이 버튼. 단장님이 좋아하는 힘 있는 타자죠."

"그래, 이런 선수가 우리 파드레스에 어울리지. 안 그래?"

"힘은 확실히 타고났습니다. 정확도가 떨어지긴 하지만……스윙을 조금만 손본다면 좋아질 것 같습니다."

"그럴 필요 없어. 타율이 2할 5푼 이하여도 좋으니 라이언 심프와 헌트 렘프로 뒤에서 홈런 20개만 쳐 주면 된다고."

"하지만 지금의 스윙으로는 2할 5푼은커녕 2할도 어려울 것 같은데요."

"멘도사 라인만 아니면 돼. 설마 그 정도까지 못 맞추려고."

조이 버튼은 장점이 명확한 선수였다.

타의추종을 불허하는 압도적인 힘과 건장한 체격은 당장 메이저리그에서도 통할 거란 의견이 지배적이었다.

하지만 장점만큼이나 단점도 많았다. 스윙은 체격에 비해 크고 정확도가 떨어지며 참을성이 부족했다.

무엇보다 클러치 능력이 떨어졌다.

하지만 AJ 프레들리 단장은 생긴 게 마음에 든다며 조이 바토에게 합격점을 주었다.

그러면서 조이 바토보다 높은 평가를 받은 선수들은 전부 낙제점을 주었다.

"알렉스 시몬? 퀴라소 출신인가?"

"네, 멀티 포지션이 가능한 내야수입니다."

"타격 능력은 평범한데. 홈런이 하나뿐이잖아?"

"대신 2루타가 5개나 됩니다."

"2루타가 많으면 뭐해. 누가 불러들여야 하는데. 조이 바토보다 무게감이 확 떨어지잖아."

"일본의 나카무라 신지도 나쁘지 않습니다. 6개의 홈런을 쳤고 3할 중반의 타율을 기록했죠."

"조이 바토보다는 젝 다니엘 쪽에 가까운 타입이잖아."

"그럼 한은 어떻습니까? 야구 월드컵 최초로 두 대회 연속 MVP를 거머쥔 괴물인데요."

"한이라, 그래. 한 정도면 조이 바토와 비교될 만하겠어."

AJ 프레들리 단장이 씩 웃었다.

개인적으로 조이 바토가 마음에 들긴 하지만 몸값을 고려한다면 한정훈도 나쁘지 않아 보였다.

그러나 보고서에 적힌 적정 계약금액은 AJ 프레들리 단장의 예상을 크게 웃돌았다.

"400만 달러? 0을 하나 더 붙인 거야?"

"아닙니다. 400만 달러가 맞습니다."

"뭐가 이렇게 많아?"

"이번 대회 전까지 300만 달러 정도였습니다."

"고작 대회 하나 치르고 100만 달러가 뛰었다고?"

"조이 바토도 엇비슷하게 몸값이 올랐으니까요."

"왜 자꾸 조이 바토와 비교하는 거야? 한은 아시아 선수잖아."

"아시아 선수는 많은 돈을 받으면 안 되는 겁니까?"

"그런 이야기가 아니라 리그의 수준이 다르다고. 한국의 프로야구 레벨은 어느 정도지? 더블 에이? 트리플 에이? 리그 수준이 낮다는 건 그만큼 인프라가 형편없다는 소리라고. 그런 곳에서 실력을 키웠는데 뭘 믿고 이 많은 돈을 퍼주자는 거야?"

AJ 프레들리 단장이 불만스럽게 투덜거렸다.

인종 차별을 하는 건 아니지만 AJ 프레들리 단장은 미국에서 야구를 배운 유망주들과 기타 변방에서 야구를 배운 이들의 재능은 차이가 날 수밖에 없다고 확신하고 있었다.

그러나 회의에 참석한 이 중 AJ 프레들리 단장의 독선적인 주장에 호응하는 이들은 거의 없었다.

"어쨌든 이 돈을 써서 한을 데려오는 건 미친 짓이야. 난 존에게 비웃음을 사고 싶지 않다고."

AJ 프레들리 단장은 대학 동문이자 레드삭스 단장인 존 다니엘 단장을 들먹였다.

값비싼 아시아 선수들 때문에 골치가 아픈 존 다니엘 단장이라면 결코 이 보고서를 받아들이지 않을 거라 단언했다.

실제로 존 다니엘 단장은 한정훈의 이름이 나오자 미간부터 찌푸렸다.

"또 한국인이로군."

"존, 한은 정말 재능 넘치는 선수예요."

"나도 알아. 국제 대회에서 MVP를 두 번이나 차지했다는 거. 하지만 피터, 그거 알아?"

"……."

"난 추가 타석에 들어설 때마다 허공을 바라봐. 내가 안 보면 더 잘할까 싶어서."

"그래도 올 시즌은 잘 해주고 있잖아요."

"그래. 7년 계약 중에 벌써 절반이 지났는데 올해는 그나마 밥값을 해주고 있지. 하지만 내년에는? 내후년에는? 과연 추가 마지막까지 레인저스에서 뛸 수 있을까? 과연 추가 극적 반전의 드라마를 써서 내 안목이 틀리지 않았다는 걸 입증해 줄까?"

"존……."

"후우……. 그래, 좋아. 추리고 추려서 가지고 온 게 한이라면 들어는 보자고."

존 다니엘 단장이 애써 흥분을 가라앉혔다.

그러자 피터 제이슨 보좌역을 대신해 마크 베인 스카우터 단장이 TV 쪽으로 다가갔다.

"존, 바쁘니까 오래 시간을 빼앗지는 않을게요. 대신 이것 한 번만 봐 주세요."

피터 제이슨이 가지고 온 외장 하드를 TV와 연결시켰다.

그러자 75인치 대형 스크린에 며칠 전에 끝난 18세 이하 야구 월드컵 경기 영상이 떠올랐다.

"한의 하이라이트 영상인가?"

"그렇습니다."

"흠……."

존 다니엘 단장은 오른손으로 턱을 괬다.

한정훈의 활약상은 확실히 눈에 띄었지만 그뿐이었다. 재능 있는 선수라는 느낌. 잘 키우면 좋은 선수가 될지도 모른다는 예감. 딱 거기까지였다.

하지만 영상이 예선전을 지나 슈퍼 라운드를 접어 들자 존 다니엘 단장의 표정이 달라졌다.

"잠깐. 저거 정말로 넘어간 건가? 어떻게?"

"네, 방망이 중심에 정확하게 맞춘 다음에 끝까지 팔로우 스루를 해냈습니다."

"그런 이론적인 이야기 말고. 완벽하게 타이밍을 빼앗겼잖아. 그런데 저게 가능한 거야?"

"그게…… 그 부분에 대해서 다른 구단 스카우터들과도 이야기를 해봤는데…… 수준이 다르다는 결론이 나왔습니다."

"뭐?"

"수준이 다르다고요. 다시 말해 한은 아마추어 레벨에서 뛸 선수가 아닙니다."

"허!"

존 다니엘 단장은 순간 헛웃음을 터뜨렸다.

아무리 그래도 그렇지, 수준이 다르다니. 현장을 모르는 엘리트 출신 단장이라고 비아냥거리는 것만 같았다.

하지만 경기 영상이 결승전으로 넘어가고 한정훈이 연달아 3개의 홈런포를 쏘아 올리자 존 다니엘 단장도 인정하지 않을 수가 없었다.

확실히 한정훈은 수준이 다른 선수였다.

그렇지 않고서야 저렇듯 받쳐 놓고 공을 때려내지는 못할 것 같았다.

"기가 막히는군. 전부 다른 구종을 때려냈어."

"제대로 보셨습니다. 처음에는 포크볼. 그다음에는 포심 패스트볼. 마지막에는 슬라이더. 매번 일본 투수가 이를 악물고 내던진 결정구를 때려냈습니다. 오죽했으면 일본 투수가 더그아웃에 들어가서 펑펑 울었다고 합니다."

"울 만도 해. 저건…… 사람이 할 짓이 아니잖아. 안 그래?"

"확실히 잔인하죠. 투수 입장에서 본다면요."

"그리고 엄청 두렵겠지."

"네, 무슨 공을 던져도 다 때려낼 것만 같으니까요."

"그런데 말이야. 결승전 때 유독 잘 친 것 같은 건 기분 탓인가?"

"아닐 겁니다. 큰 경기에 강한 스타일이기도 하지만 상대가 일본이니까요."

"아, 그거?"

"네, 한일간의 미묘한 심리가 결승전에 작용했다고 판단하고 있습니다."

마크 베인은 혹시라도 존 다니엘 단장이 쓸데없는 오해를 하지 않도록 단어 선택에 최대한 신경을 썼다.

하지만 정작 존 다니엘 단장은 입가를 비틀어 올렸다.

"결국 라이벌을 상대로 더 잘한다는 소리잖아. 그렇지?"

정신력이 약해 중요한 경기 때마다 죽을 쑤는 선수들보다는 백배 나아 보였다.

"팀 내에 일본 선수를 들여도 별문제는 없겠지?"

"아마 그럴 겁니다. 국가 대항전과 메이저리그는 다르니까

요."

"그렇다면 좋아. 한번 추진해 보자고."

"그런데…… 한의 몸값이 좀 됩니다."

"그렇겠지. 저 정도 레벨의 선수라면."

"저희끼리는 400만 달러를 마지노선으로 보고 있습니다."

"400만…… 달러?"

순간 존 다니엘 단장의 표정이 굳어졌다.

중남미 선수라면 몰라도 아시아 출신의 아마추어 선수에게 400만 달러라니.

왠지 모를 위화감마저 느껴졌다.

게다가 마크 베인은 마지노선이라는 표현을 썼다.

경쟁이 붙을 경우 몸값은 400만 달러를 넘어설지도 모른다는 이야기였다.

스몰 마켓 구단쯤은 레드삭스의 지명도로 이겨낼 수 있었다. 문제는 메이저리그 양대 악의 축 다저스와 양키즈가 끼어들었을 때다.

빅 마켓에서 못 먹는 감 찔러나 보자는 심정으로 한정훈의 몸값을 왕창 올려놓는다면?

제아무리 레드삭스라 하더라도 감당하기 어려워질지 몰랐다.

"일단은 좀 지켜보자고. 우리가 먼저 나설 필요는 없을 테니까."

존 다니엘 단장이 한발 물러섰다.

프로에서도 충분히 통할 만한 재능을 갖췄다지만 아직은 아마추어 레벨에서 뛰는 선수였다.

섣불리 나서는 것보다 어느 정도 거품이 빠질 때까지 기다리는 것도 나쁘지 않아 보였다.

레드삭스의 데이브 돈브로스키 사장도 존 다니엘 단장과 같은 생각이었다.

하지만 지난 2017년 18세 이하 야구 월드컵 이후로 한정훈을 쫓아다녔던 레이 포인트는 고작 돈 몇 푼에 않는 소리를 하는 데이브 돈브로스키 사장을 이해할 수 없었다.

"데이브, 한이라고요. 한! 나는 지금 무식하게 힘만 센 조이 버튼을 이야기하는 게 아니에요!"

"알고 있어, 레이. 하지만 500만 달러는 지나치다고."

"뭐가 지나친데요? 러슨 카스티요에게 가져다 받친 돈을 생각하라고요. 6년에 6,250만 달러에요."

"6년이 아니라 7년 계약이야."

"6년하고 두 달짜리 계약이었잖아요!"

"어쨌든 500만 달러는 지나쳐. 지금껏 한국의 아마추어 선수에게 가장 많은 돈을 쓴 게 160만 달러라고."

"심지어 그 선수는 투수였죠."

벤 셰일턴 단장 보좌역이 슬그머니 장단을 맞췄다. 그러자 레이 포인트가 매섭게 벤 셰일턴을 노려봤다.

"벤, 그거 20년도 더 된 계약이에요. 알고 있어요?"

"정확하게는 2001년도 계약이야. 아직 20년이 지나려면 1년은 더 기다려야 한다고."

"어쨌든 20년 전 계약을 기준으로 잡아서 어쩌자는 건데요? 레드삭스 선수 아무나 불러놓고 20년 전 기준으로 재계약을 하자고 해볼까요?"

"레이, 흥분하지 말고 냉정하게 생각하라고. 애초에 300만 달러였잖아. 대회 하나 치렀다고 갑자기 200만 달러나 뛰는 게 말이 돼?"

2001년 메이저리그 평균 연봉은 200만 달러 수준이었다. 그리고 지난해에는 400만 달러를 넘어섰다.

20년간 2배가 뛰어올랐으니 2001년 기록한 류지국의 계약금의 현재 가치는 320만 달러로 봐도 무방해 보였다.

실제로 18세 이하 야구 월드컵 이전까지 한정훈의 몸값은 300만 달러 전후였다.

경쟁이 치열할 경우 조금 더 올라가긴 하겠지만, 레이 포인트가 주장하는 500만 달러와는 격차가 컸다.

그러나 레이 포인트도 쉽게 물러서지 않았다.

"고작 200만 달러예요. 그것도 아시아 출신이라는 이유만으로 평가절하된 금액이라고요."

"레이, 일단 알았으니까 진정하라고. 500만 달러까진 어렵겠지만 최대한 금액을 맞춰 볼 테니까."

레이 포인트의 얼굴이 시뻘게지자 데이브 돈브로스키 사장이 다시 중재에 나섰다.

자신도 모르게 목소리를 높였던 벤 셰일턴도 한발 물러나 숨을 골랐다.

"어떻게든 올해 한을 레드삭스에 데려와야 해요. 한이 한국에 남기라도 한다면 나중에는 몇십 배 많은 돈을 써야 할지도 모른다고요."

"그건 어디까지나 가정에 불과하잖아."

"그렇게 돈이 아까우면 내 연봉을 가불해줘요. 그걸로 일단 한을 잡아 달라고요!"

"알았어. 레이가 그렇게까지 말한다면 500만 달러 준비하지. 하지만 그 이상은 안 돼."

"좋아요. 나도 더 이상은 욕심부리지 않을게요. 대신 협상에 최선을 다한다고 약속해 줘요."

"그건 당연한 거고."

데이브 돈브로스키 사장은 마지못해 레이 포인트의 요구 조건을 받아들였다.

레이 포인트도 그제야 굳혔던 얼굴을 풀었다.

"정말 못 당하겠다니까."

벤 세일턴도 혀를 내둘렀다.

레이 포인트는 구단주도 어쩌지 못한다고 하더니 그 말이 거짓은 아닌 것 같았다.

하지만 레이 포인트는 자신이 쓸데없는 고집을 부린다고 생각하지 않았다.

"두고 봐요, 3년쯤 지나면 분명 나한테 고마워할 테니까."

레이 포인트가 자신만만한 얼굴로 말했다.

다른 유망주라면 또 모르겠지만 지난 3년간 지켜봐 온 한정훈이 레드삭스를 실망시킬 일 따위는 결코 없을 것 같았다.

4

메이저리그 각 구단이 한정훈을 놓고 저울질하던 그 시각.

"고명희입니다."

한정훈은 최인섭에게 소개받은 에이전트를 만났다.

"안녕…… 하세요."

백발이 성성한 고명희의 모습에 한정훈은 잠시 말문이 막혔다.

하지만 그것도 잠시.

"아, 놀라지 마요. 나 그렇게 나이 많지 않습니다."

고명희가 선글라스를 벗자 예상보다 스무 살은 젊어 보이는 얼굴이 나타났다.

"내가 새치가 좀 심각하게 많아서요. 염색을 해도 지저분해져서 아예 탈색을 해버렸습니다. 그래서 종종 오해를 받곤 합니다."

"저도 할아버지가 나오신 줄 알고 잠깐 고민했습니다."

"하하, 내가 겉보기에는 좀 늙었어도 체력은 아무 문제 없으니까 걱정하지 마세요."

"그렇다면 다행이고요."

"참, MVP 2연패 축하합니다. 만화에서나 가능할 법한 일이 현실이 될 줄은 몰랐습니다."

"운이 좋았죠."

"그렇다면 한정훈 선수의 옆에는 야구의 신이 함께하나 봅니다. 그 정도 행운이 아니라면 설명이 어려울 정도니까요."

한정훈은 가볍게 웃었다.

농담처럼 던진 고명희의 말이 허무맹랑하게 느껴지지 않았다.

'어쩌면 정말 야구의 신이 함께하는지도 모르지.'

과거로 돌아와 강호 서린 고등학교의 주전 자리를 꿰차고 국가대표로 뽑혀 두 차례나 우승을 차지했다.

꿈을 꾸기에도 벅찬 일들이 현실이 됐으니 야구의 신의 편

애를 받는다 해도 할 말이 없었다.

하지만 고명희는 한정훈이 고작 운이 좋아 국내 대회는 물론이고 야구 월드컵까지 휩쓸었다고 생각하지 않았다.

"요즘도 집 앞에 야구 연습장 자주 가세요?"

"어? 그걸 어떻게 아셨어요?"

"희섭이 형이 말 안 해주던가요? 저도 그 근처에 삽니다."

"아, 그러세요?"

"네, 사장인 철민 씨하고도 친한데 3년 전부터 그러더라고요. 크게 될 선수가 있으니까 나중에 만나면 사인받으라고요."

"하하."

"철민 씨한테는 그냥 프리랜서 작가라고 했거든요. 그래서 어디 얼마나 잘하나 보자 하고 몰래 구경했었죠."

"보시기에 어땠어요?"

한정훈이 슬쩍 물었다. 에이전트로서 고명희의 평가가 궁금해졌다.

하지만 고명희는 못 들은 척 계속해서 말을 이어갔다.

"덩치 큰 중학생쯤 됐을까 싶은 소년 하나가 야구 방망이를 열심히 휘두르더라고요. 처음엔 귀여웠어요. 프로들도 쉽지 않은 인 앤드 아웃 스윙을 연습하는 것 같은데 입을 꽉 다문 모습이 인상적이었죠. 그리고 한 달쯤 뒤에 다시 야구 연습장을 갔는데 그날도 그 소년이 있는 거예요. 철민 씨가 그러더라고요. 구속을 5㎞나 올렸다고. 그때까진 그러려니 했죠."

"하하, 사장님이 별걸 다 말씀하셨네요."

"다시 한 달쯤 뒤에 다시 찾아갔을 때도 그 소년은 연습을 하고 있었답니다. 밤늦은 시간이었는데 땀을 뻘뻘 흘려 가면서도 쉬지 않고 공을 치더라고요. 철민 씨 말로는 이틀에 한 번씩은 꼭 온다던데 그 소년 때문에 친구들하고 소주 한잔 못한다고 어찌나 투덜대던지. 그러면서도 그 소년에게서 눈을 떼지 못하더라고요. 그래서 궁금해졌습니다. 도대체 뭐가 철민 씨를 이토록 빠져들게 만드는지 알아보고 싶었죠."

그 시절의 기억에 취한 듯 고명희의 입가를 타고 잔잔한 미소가 번졌다.

"그날 이후로 두 달간 거의 매일같이 야구 연습장을 갔습니다. 그리고 철민 씨와 함께 소년이 공을 치는 모습을 구경했죠. 솔직히 지루했습니다. 재미 하나도 없었어요. 같은 코스에 같은 구종의 공을 계속해서 치니까 뭐 하나 싶었죠. 그런데 일주일쯤 지나니까 타격음이 달라지더라고요. 둔탁했던 소리가 마치 대포알 소리처럼 뻥뻥 터지는데…… 철민 씨가 그러더라고요. 그야말로 카타르시스가 느껴진다고요. 저도 그랬어요. 요새 말로 지리겠더라고요."

"부끄럽네요."

"그제야 저는 그 소년이 어째서 같은 코스의 공만 반복해서 때려냈는지를 어렴풋이 짐작할 수 있었습니다. 그리고 확신했습니다. 이 정도 끈기와 집념이라면 뭘 해도 잘하겠구나. 계속해서 야구를 한다면 정말 잘하겠구나 하고요. 덕분에 용기도 얻었습니다. 사실 그때 에이전트 일을 계속해야 하나 고민하고 있었거든요. 하지만 우직하게 한 길만 가는 소년을 보니 더는 징징거리면 안 되겠다는 생각이 들었습니다. 그 덕분에 여기까지 오게 됐고요."

길고 길었던 이야기를 마치며 고명희가 한정훈을 똑바로 바라봤다.

3년 전, 자신이 잘될 거라 단언했던 소년은 예상보다 더 큰 선수가 되어 눈앞에 앉아 있었다.

"솔직히 이 자리에 나오기까지 고민 많았습니다. 아직 이 바닥에서 제대로 자리 잡지 못한 내가 과연 한정훈 선수를 제대로 케어할 수 있을까 걱정도 됐고요. 그래도 억지로 나왔습니다. 희섭이 형 때문이 아니라 이 기회를 놓치면 평생 후회할 것 같았거든요."

고명희의 입가로 멋쩍은 웃음이 번졌다.

하지만 한정훈을 향한 시선은 더없이 진지하기만 했다.

한정훈도 고명희를 보며 웃었다.

지금껏 스무 명이 넘는 에이전트를 만나왔지만 그중 누구도 한정훈이 쉴 새 없이 노력해 왔다는 사실을 알아주지 않았다.

그저 재능을 타고나 남들보다 편히 야구하고 있다고 여겼다.

하지만 고명희는 달랐다. 우연인지 필연인지 모르겠지만 남몰래 훈련하던 모습을 지켜보며 함께 꿈을 키워왔다는 점이 한정훈의 마음을 움직였다.

"전 아직 메이저리그에 갈 생각 없어요. 조건을 들어봐야겠지만 마이너리그에서 뛰어야 한다면 차라리 국내에 남아서 프로를 거치는 게 낫다고 생각하거든요."

한정훈이 넌지시 속마음을 털어놓았다.

지금껏 만났던 에이전트들과는 달리 고명희라면 메이저리그행만 강요할 것 같지 않았다.

"물론 그편도 나쁘지 않습니다. 투수와 달리 야수들은 마이너리그 시절이 긴 편이니까요. 아마추어 출신 야수 중 가장 성공했다고 평가받는 추신우 선수만 봐도 그렇죠. 트리플 에이에서 뛰어난 활약을 펼치고도 팀에 자리가 없어 인디언스로 이적까지 해야 했으니까요."

고명희도 공감하듯 고개를 끄덕였다. 제아무리 한정훈이라 하더라도 메이저리그 레벨에 도달하기 위해서는 마이너리그를 필수적으로 거쳐야 했다.

그 레벨에 도달했다고 해도 끝이 아니었다.

몸값 경쟁부터 시작해 인기 경쟁, 인종 경쟁, 포지션 경쟁,

선입견 경쟁에 이르기까지.

수많은 내부 경쟁에서 최종 승리해야 겨우 25인 로스터에 이름을 올릴 수 있었다.

하지만 고명희는 한정훈이 고작 마이너리그가 두려워서 국내 잔류를 고민한다고 생각하지 않았다.

"주제넘는 질문일지도 모르겠지만 진짜 이유를 물어봐도 될까요?"

"……네?"

"한정훈 선수가 국내에 남으려는 진짜 이유요."

고명희가 다시 한정훈을 빤히 바라봤다. 그의 기대 어린 시선과 마주하니 한정훈도 대충 둘러대기가 어려웠다.

"건방지게 들릴 수도 있지만 국내에도 투수는 많으니까요."

"……?"

"일단 그들부터 전부 이겨보려고요."

"……!"

13장
제 조건은요

1

　한정훈이 고명희와 에이전트 계약을 맺었다는 소식이 전해지자 메이저리그 구단들은 앞다투어 접촉을 시도했다.

　하지만 한정훈의 요구 조건을 듣고는 하나같이 난색을 드러냈다.

　한정훈 측이 요구한 계약금은 300만 달러.

　더 줘도 좋지만 300만 달러만 넘으면 협상에 응하겠다는 뜻을 밝혔다.

　문제는 계약 1년 뒤인 2021시즌 메이저리그 로스터 보장이었다.

　거기에 불이행 시 계약 해지 및 위약금 5천만 달러 옵션이 붙자 대다수 구단이 손을 털어버렸다.

"레인저스 쪽에서 위약금을 줄이면 받아들이겠다고 답변이 왔는데 어떻게 할까요?"

"여차하면 계약 파기하겠다는 뜻으로 들리는데요."

"저도 그렇게 생각합니다."

"그럼 이제 남은 건 레드삭스뿐인가요?"

"우리가 마이너리그 2년 조건을 거절했으니 레드삭스도 어려울 것 같습니다."

"후우……. 이렇게 될 줄 예상은 했지만 좀 씁쓸하네요."

한정훈이 나직이 한숨을 내쉬었다.

그래도 메이저리그 30개 구단 중 한 곳 정도는 자신의 당돌한 계약 조건을 받아줄지 모른다고 여겼다.

하지만 현실은 냉정했다. 메이저리그 구단의 눈에 한정훈은 아시아에서 야구 좀 한다는 수많은 아마추어 선수 중 한 명에 불과했다.

"에이전트 입장에서는 욕심이 과했다고 봅니다. 솔직히 그 정도 대우를 받고 메이저리그에 진출한 전례가 없으니까요. 하지만 한정훈 선수의 오랜 팬으로서 말하자면 메이저리그 구단들이 보는 눈이 없다고 생각합니다. 저라면 군말 없이 오케이 했을 텐데 말이죠."

"아직까지 메이저리그 구단 하나 장만 안 하고 뭐 하셨어

요."

"그러게 말입니다. 이제부터 열심히 해서 게임에서나마 구단주가 되어 봐야겠습니다."

고명희가 실없이 웃었다.

하지만 한정훈의 계약 문제에 있어서만큼은 허술함을 보이지 않았다.

"단장님, 고명희 씨한테 방금 전화 왔는데 미팅을 이틀만 늦추자고 합니다."

"뭐? 이유가 뭔데?"

"잠깐 미국에 다녀와야 한다는데요."

"젠장할. 지금 당장 전화해서 약속 잡아. 10분, 아니 10초라도 좋으니 시간 내 달라 그래!"

한정훈의 미국행이 불발됐다는 기사를 보며 여유를 부리던 김명석 단장은 다급히 주차장으로 뛰어갔다.

그리고 직원이 뒤늦게 보내준 주소를 향해 미친 듯이 차를 몰았다.

"어이고, 김 단장님. 안 오셔도 된다니까요."

강남의 모 커피숍에 도착하자 창가 쪽에 앉아 있던 고명희가 멋쩍게 웃으며 자리에서 일어났다.

김명석 단장은 씩씩거리며 고명희에게 걸어갔다.

신생 구단이라고는 하지만 단장과의 약속을 일방적으로 파기해 버렸으니 한마디 하지 않고는 참을 수가 없을 것 같았다.

하지만 그것도 잠시.

의자 뒤쪽으로 큼지막한 캐리어가 보이자 김명석 단장의 눈빛이 흔들렸다.

"뭡니까?"

"아, 저거요? 정말 공항 가던 길이었습니다. 직원분께서 통사정을 해서 택시 돌렸지만요."

"차는요?"

"지난번부터 말썽이더니 결국 퍼져 버렸습니다. 잘됐죠, 뭐. 어차피 짐 정리를 해야 했으니까요."

"성남으로 오시는데 무슨 정리가 필요하다고 그러십니까."

"하하, 그게 제 맘처럼 되나요."

"일단 앉으시죠. 우리 대화로 풉시다. 대화로."

김명석 단장은 냉큼 고명희를 붙잡았다.

속은 부글부글 끓어올랐지만 여기서 감정을 드러내 봐야 좋을 게 없다고 여겼다.

"이것 참. 단장님께서 직접 오셨으니 어쩔 수 없네요."

고명희도 마지못한 얼굴로 자리에 앉았다.

"일단 차부터 주문하겠습니다."

김명석 단장은 카운터로 가서 커피를 주문한 뒤 화장실로 들어갔다.

그리고 직원에게 전화를 걸어 레드삭스 쪽의 동향을 살폈다.

"뭐래? 알아봤어?"

-그게 레드삭스 쪽과 최종 조율 중인 게 맞다고 합니다.

"뭐? 엊그제까지만 해도 무산될 거라 했잖아!"

-한정훈 쪽에서 마이너 2년 제안을 받아들인 모양입니다.

"젠장할!"

김명석 단장의 입에서 절로 욕지거리가 터져 나왔다.

정말로 한정훈이 레드삭스의 조건을 받아들인 거라면, 지난번에 제시한 계약 내용으로는 승산이 없어 보였다.

김명석 단장은 다시 조상민 사장에게 전화를 걸었다.

-그래, 어떻게 됐어?

"지금 에이전트 만나고 있는 중인데 어려울 것 같습니다."

-어렵다니?

"아예 미국 가겠답니다."

-난 또 뭐라고. 그거 뻥카잖아.

"저도 그런 줄 알았는데 한정훈 쪽에서 레드삭스의 수정안을 받아들일 모양입니다."

-수정안이라면 설마 그 마이너 2년? 그거 죽어도 안 받을 거라며?

"죽어도 안 받아들일 거라 생각했죠. 그런데 우리 제안이 마음에 안 들었나 봅니다."

　-20억도 마음에 안 든다 이거야?

　"금액도 금액이지만 솔직히 레드삭스 물 건너갔다고 여기고 좀 세게 나갔잖습니까. 아마 그런 부분에서 감정이 상했겠죠."

　-그러게 내가 뭐랬어. 좀 적당히 비위도 맞춰 가며 하랬잖아!

　조상민 사장이 괜히 김명석 단장을 탓했다.

　유들유들한 맛이라고는 찾아볼 수 없는 김명석 단장 때문에 한정훈과 고명희가 레드삭스의 수정안을 받아들인 것이라고 여겼다.

　하지만 김명석 단장도 할 말은 많았다.

　"칼자루 쥐었으니 휘둘리지 말라고 하신 건 사장님이십니다."

　-내가 언제 그랬어?

　"2주 전 회식 자리에서요. 기억 안 나시면 최 대리하고 삼자대면할까요?"

　-어쨌든! 한정훈 스톰즈 올 거라고 기사까지 뿌리고 있는데 이제 와서 엎어지면 어쩌자는 거야?

　"그러니까 재협상해야죠."

　-재협상이라니? 설마 금액을 올리자고?

　"그냥 원래 계획대로 시원하게 주는 게 좋을 것 같습니다."

한정훈이 18세 이하 야구 월드컵에서 눈부신 활약을 펼치며 한국을 우승으로 이끌자 15억도 후하다고 떠들던 조상민 사장은 최정한 회장과 독대를 청했다.

그리고 한정훈이 메이저리그 구단들에게 제시한 300만 달러에 맞춰 실탄을 재장전했다.

최대 30억.

한기수와 최정환이 받은 신인 역대 최고 계약금(10억)보다 3배나 많은 금액이었다.

분명 과했다. 기존 기록과 비교했을 때 터무니없이 많다는 소리가 나올 수밖에 없었다.

하지만 프로야구 사정에 정통한 전문가들은 논란을 떠나 못 줄 것도 없다고 입을 모았다.

"한기수가 10억 받은 게 2005년이야. 그리고 벌써 15년이나 지났다고. 그때와 비교하면 물가도 얼추 두 배 정도 올랐으니까 20억을 기준으로 잡아야 하는 거 아냐?"

"솔직히 한기수 기록을 못 깬 건 구단들 담합 때문이잖아."

"꼭 그렇다고 볼 수야 없지. FA 대박도 많아지고 프로야구 1인당 평균 연봉도 늘어났으니까 굳이 계약금을 많이 퍼줄 필요가 없어진 거잖아."

"그래도 최정환이 10억을 못 넘긴 게 말이 돼?"

"에이. 선수끼리 왜 그래? 최정환, 베어스한테 뒷돈 받은 거

알 만한 사람 다 아는데."

"미국 간다고 난리쳤다가 돈 때문에 주저앉았단 소리 듣고 싶지 않으니까 계약금 낮춘 거지 뭐."

"뒷돈 말고 옵션 걸어서 챙겨주기로 했을걸?"

"어쨌든 베어스에서 15억까지 준비했었다니까 얼추 그 정도는 맞춰 줬겠지."

"그렇게 따지면 강승혁하고 최주찬도 똑같아. 둘이 정한 쪽 CF 2개 찍어서 5억씩 더 챙겼잖아."

"최정환 기준대로라면 한정훈은 20억 이상 받아도 할 말 없겠는데?"

"메이저리그 구단들에게 제안한 기본 계약 금액이 300만 달러니 얼추 비슷하게 받으려고 들겠지."

전문가들뿐만 아니라 야구팬들도 한정훈의 역대 최고 계약금 갱신을 당연하게 받아들였다.

18세 이하 야구 월드컵이 끝나자 D 포털 사이트에서 한정훈의 계약금과 관련한 설문 조사를 진행했다.

최소 7억에서 최대 20억까지.

평균선인 15억 전후로 응답이 몰릴 거란 예상과 달리 야구팬 대부분이 20억 이상을 선택했다.

기타 의견에는 그 이상을 줘야 한다는 주장도 많았다.

└쿨하게 100억 쏴라!

└장난하냐? FA냐? 네 돈 아니라고 막 퍼주냐?

└100억은 오버지만 30억쯤 받아도 된다고 보는데?

└제2의 이승협이라 불리는 강승혁도 8억이었다. 적당히 해라.

└적당히 하긴 뭘 적당히 해? 지난 3년간 한정훈 말고 대회 MVP 탄 사람 있어? 홈런은? 타격은? 타점은?

└심지어 최다 안타상도 최주찬이 한 번 타먹은 거 빼고는 전부 한정훈이 쓸어 담았을걸?

└다 필요 없고 한뚱 올해까지 이연민 타격상 3연속 수상 확정임. 참고로 역대 최초 기록임.

└솔직히 고교 야구는 한뚱 이전과 한뚱 이후로 나뉜다고 봐야 하지 않나?

└한빠들 진짜 답 없네. 이제 하다하다 구약 신약 패러디냐?

└틀린 말은 아니지. 한뚱 이전엔 서로 사이좋게 상도 나눠 먹고 그랬잖아. 고교 최대어도 서넛씩 나오고. 하지만 한뚱 이후로는 고교 최대어는 언제나 한뚱뿐이었어. 탈고교급 선수라는 말도 함부로 못 써. 한뚱 때문에.

└한뚱은 진짜 어느 팀에 데려다 놔도 1군감이다. 클린업도 가능할걸?

└고졸 선수가 클린업 칠 정도면 망조 아니냐?

└나 같으면 그 돈으로 수준급 용병 타자 데려온다.

└동감, 스톰즈 돈지랄이라니까.

└야, 막말로 한정훈 전 구단 대상으로 자유계약 한다 치자. 니들 얼마 부를래?

└그럼 25억.

└28.

└젠장, 질 수 없지. 30억.

└30억 받고 5천만 원 더!

여론을 살피던 스톰즈 구단도 내심 그룹에서 정해준 상한선까지 쓸 각오를 했다.

하지만 한정훈의 메이저리그 진출이 좌절됐다는 소식이 전해지자 입장을 바꿨다.

25억이던 1차 계약금을 20억 수준으로 낮췄다.

어차피 한정훈이 갈 데라고는 스톰즈밖에 없을 테니 여차하면 광고 한두 편 찍게 하면 될 거라 여겼다.

그러나 고명희가 레드삭스의 마이너리그 2년 조건을 받아들일 수도 있다고 엄포를 놓으면서 계약 조건 수정은 불가피해졌다.

-그래서? 30억을 주자고?

"그 정도까지 각오해야 할 분위깁니다."

-그러지 말고 25억 선에서 계약하고 광고를 끼워 넣는 쪽으

로 밀어 봐.

"레드삭스에 가면 최소 300만 달러를 받을 수 있습니다. 마이너리그 2년 옵션을 받아들이는 대가로 계약금액을 높였을지도 모르고요."

-젠장할. 김 단장, 우리 꼭 한정훈 잡아야 하는 거야?

"본사 들어가서서 회장님께 3년 안에 한국시리즈 올라가겠다고 하셨다면서요?"

-이놈의 입이 방정이지.

"그것보단 술을 끊으셔야죠."

-어쨌든! 김 단장은 기어코 30억을 불러야겠다는 거 아냐?

"규정상 해외 진출까지 6년이니까 마음 편히 생각하시죠. 30억은 큰돈이지만 6년간 나눠준다고 생각하면 5억입니다. 그리고 한정훈 선수라면 그 정도 활약은 해줄 겁니다."

-후우……. 그래. 알았어. 일단 못 먹어도 고다.

"걱정 말고 맡겨 주십시오. 못 먹는 일은 없게 하겠습니다."

조상민 사장의 승낙을 받은 뒤 김명석 단장은 머리를 한 번 매만지고 화장실을 나섰다.

고명희는 어느새 나온 커피를 들고 여유롭게 창밖을 내다보고 있었다.

"이거 미안합니다. 제가 받아왔어야 하는데……."

"아닙니다. 금방 나오더라고요. 그건 그렇고 이야기는 잘 끝나셨습니까?"

고명희가 능글맞게 웃었다.

그러자 김명석 단장이 고개를 흔들더니 가방 안에서 C라는 라벨이 붙은 계약서를 내밀었다.

"수정안이 나올 줄 알았는데 곧바로 최종안인가요?"

"피차 바쁜데 시간 낭비할 필요 있나요."

"저는 비행기 시간 저녁으로 미뤄서 아직 시간 많은데요."

"차 수리비도 많이 나오실 텐데 티켓값 아끼셔야죠."

"그럼 에이전트 보너스로 차 한 대 뽑아주시죠?"

"그럴까요? 계약서 주십시오."

"하하, 아닙니다. 농담 한번 해봤습니다."

고명희는 냉큼 계약서를 펼쳐 들었다.

세부적인 조건은 변동이 없었다.

하지만 가장 중요한 계약금의 숫자가 달라져 있었다.

30억.

'역시 정한이 통이 크긴 커.'

고명희의 입가가 살짝 꿈틀거렸다.

'됐다.'

고명희를 뚫어져라 바라보던 김명석 단장도 일단 안심했다.

계약금을 맞췄으니 도장을 받아내는 건 시간문제라고 여겼다.

하지만 고명희는 이 정도로 만족할 생각이 없었다.

고작 계약금 더 받아내려 했다면 풀기도 귀찮은 짐을 바리바리 싸들고 오지도 않았을 것이다.

"많이 쓰셨네요."

"기대를 충족시켰나 모르겠습니다."

"계약금은 솔직히 기대 이상입니다."

"여론을 의식해 계약금을 좀 낮출까도 해봤지만 한정훈 선수는 급이 다른 선수니까요. 세간의 비난은 떠안고 가기로 했습니다."

"그런 점에서 한 가지 더 양보해 주시길 청합니다."

"양보…… 요?"

"지난번 말씀드린 1군 보장 말입니다."

"아……."

"계약서에 명시해 주시죠."

고명희가 손에 든 계약서를 김명석 단장 쪽으로 내밀었다.

"후우……."

김명석 단장의 입에서 절로 한숨이 흘러나왔다.

2018년 말 FA 규약 계정이 이루어지면서 고등학교 졸업자는 8년 만에 자유계약 자격을 얻을 수 있게 됐다(대졸자는 7년).

또한 해외 진출 자격 연한도 기존 7년에서 6년으로 줄어들었다.

1군에서 6시즌을 소화할 경우 구단의 동의를 얻어 해외 진출이 가능해진 것이다.

KBO 규정상 한 시즌을 인정받으려면 1군에 145일 이상 등록되어 있거나 전체 경기의 2/3 이상을 출전해야 한다.

대부분의 전문가는 한정훈의 개막전 엔트리 합류가 유력하다고 내다봤다.

유력한 포지션 경쟁자였던 강승혁이 우익수로 수비 변경을 마친 만큼 주전 1루수로 경기에 출전할 거라고 예상했다.

하지만 일각에서는 구단 내부적인 사정으로 인해 한정훈의 1군 합류가 늦어질지도 모른다는 전망들이 흘러나왔다.

"지난번에 말씀드렸지만 1군 운영 권한은 감독에게 있습니다."

"그건 저도 잘 알고 있습니다. 하지만 한정훈 선수가 시범 경기를 통해 충분한 성적을 냈는데도 퓨처스 리그에 내려가는 일은 없었으면 합니다."

"그야 당연하죠. 한정훈 선수가 잘해준다면 2군에 내릴 일도 없을 겁니다. 그렇게 되어야 하고요."

"하지만 현장에서는 다른 생각을 할지도 모릅니다. 저는 그점이 우려스럽습니다."

스톰즈의 백종훈 감독은 70년대와 80년대 일본 프로야구에서 활약했던 스타플레이어였다.

재일교포임에도 불구하고 통산 3할에 가까운 정확도와 거침없는 플레이 그리고 성실함으로 일본 야구계에서도 인정을 받을 정도였다.

구단의 재가를 받은 김명석 단장은 삼고초려 끝에 백종훈 감독을 스톰즈의 초대 사령탑 자리에 앉혔다.

프로 지도자 경력은 없지만 부성 대학교에서 5년간 아마추어 선수들을 가르쳐 왔던 만큼 젊은 선수들로 구성된 스톰즈를 잘 이끌어 줄 거라 기대했다.

하지만 정작 백종훈 감독은 불통의 리더십을 선보이며 김명석 단장을 난처하게 만들었다.

전략 전술의 부재.

올드한 지도 방식.

특정 선수 편애.

고집과 독선.

잦은 음주와 말실수까지.

언론들이 돌아가며 문제점을 지적해도 끝이 없어서 백 양파라는 별명이 붙을 정도였다.

무엇보다 쌍팔년도 식 스타 선수 길들이기는 도가 지나쳤다.

대명 상고 에이스 출신 조석훈은 시범 경기에서 벤치의 고의사구 지시를 어겼다는 이유만으로 불펜행을 통보받았다.

경기 흐름상 충분히 승부를 걸 수 있는 상황이었지만 백종훈 감독은 올스타 브레이크가 끝날 때까지 조석훈에게 선발 기회를 주지 않았다.

최주찬은 작년 후반기에 벤트 레그 슬라이딩을 시도하다 아웃이 되면서 백종훈 감독의 눈 밖에 났다.

헤드 퍼스트 슬라이딩을 했다면 충분히 살 수 있었다면서 벌써부터 몸을 사린다고 2주간 3군행을 통보했다.

용병들을 뽑지 않았던 지난 2년 동안 중심 타선에서 활약했던 강승혁도 올해 초, 모 스포츠 아나운서와 열애설이 났다는 이유만으로 보름간 선발 출전 명단에 이름을 올리지 못했다.

강승혁이 단호하게 부인했지만 소용없었다.

백종훈 감독은 팀의 중심 타자로서 책임감이 없다며 강승혁을 몰아붙였다.

백종훈 감독은 이런 식으로 스톰즈 주전급 선수들 번갈아 가며 길들였다.

그렇게 하면 자신의 권위도 살고 팀의 조직력이 살아날 거라고 굳게 믿었다.

언론은 여러 차례 백종훈 감독의 만행을 도마 위에 올렸다. 그럴 때마다 스톰즈 구단도 감독 교체에 대해 고민했다.

하지만 결과적으로 백종훈 감독은 계속해서 스톰즈의 지휘봉을 잡고 있었다.

가장 큰 이유는 바로 성적.

백종훈 감독의 지도력과는 정반대로 가는 스톰즈의 성적 때문이었다.

창단 첫해 두 달간 꼴지를 맴돌던 스톰즈는 6월 이후 타선이 살아나며 180도 다른 팀으로 변했다.

7연패 이후 강승혁을 비롯한 젊은 선수들이 삭발투혼을 감행한 게 전환점이 됐다.

이후 스톰즈의 성적은 가파르게 상승했다.

올스타 브레이크 직전에 4할 승률을 회복하더니 후반기 17연승을 달리며 경찰청에 이어 북부 리그 2위를 차지했다(68승 46패. 0.596).

작년의 상승세는 올해에도 계속됐다.

개막전부터 줄곧 1위를 내달리며 퓨처스 리그 북부 리그 우승을 코앞에 두고 있었다.

고명희는 적어도 내년부터는 스톰즈의 선장이 바뀌길 희망했다.

백종훈 감독 밑에서 한정훈이 제대로 실력을 발휘하기 어렵다고 여겼다.

하지만 구단도 신생팀을 데리고 2년 연속 호성적을 내고 있는 백종훈 감독을 무작정 경질할 수가 없었다.

"백 감독님의 지도 스타일을 걱정하는 거 충분히 이해합니

다. 그 점에 대해서는 백 감독님과도 따로 이야기를 나눌 예정
이니 너무 걱정하지 않으셨으면 좋겠습니다."

김명석 단장은 뻔한 말로 고명희를 달랬다.

그렇게 하면 고명희도 마지못해 한발 물러서 줄 거라 여겼
다.

그러나 고명희는 이 문제를 대충 넘어갈 생각이 없었다.

"문제가 생길 때마다 프런트에서 백 감독과 여러 차례 접촉
했던 걸로 알고 있습니다. 하지만 달라진 게 없었죠."

"이번엔 다를 겁니다. 제가 보증하겠습니다."

"단장님께는 죄송한 말씀이지만 솔직히 그 정도로는 마음
을 놓기 어려울 것 같습니다."

많은 계약금과 확실한 기회 보장.

실력 있는 신인 선수라면 두 마리 토끼를 다 잡고 싶어 할
것이다.

역대급 고교 최대어로 평가받는 한정훈이라면 두 마리 토
끼를 다 잡을 자격이 충분했다.

하지만 부득불 둘 중 한 마리만 잡아야 한다면 한정훈의 미
래를 위해서라도 확실한 기회를 보장받는 편이 나았다.

"참고로 말씀드리자면 레드삭스는 2년 후 25인 로스터 보장
을 약속했습니다. 그리고 마이너리그 2년을 받아들이는 조건
으로 위약금을 두 배로 높이겠다는 요구 사항도 받아줬습니

다."

고명희는 넌지시 레드삭스와의 협상 내용을 흘렸다. 아직 100퍼센트 확답을 받아낸 건 아니지만 레드삭스가 진심으로 한정훈을 원하고 있다는 점을 강조했다.

"후우……. 그럼 제가 어떻게 해드리면 되겠습니까."

레드삭스 이야기가 나오자 김명석 단장이 먼저 백기를 들었다. 자존심은 상했지만 이제 와서 한정훈을 레드삭스에 빼앗길 수는 없는 노릇이었다.

"많은 걸 바라진 않습니다."

"말씀하십시오."

"공정한 기회 보장과 불합리한 대우를 거부할 수 있는 권리를 원합니다."

"공정한 기회 보장은 이해했습니다만 불합리한 대우에 거부할 수 있는 권리는……?"

"이를 테면 한정훈 선수가 더 이상 스톰즈에서 핍박받지 않게 해달라는 것이겠죠."

고명희가 에둘러 말했다.

하지만 김명석 단장은 그 말을 한 번에 알아들었다.

한정훈이 불합리한 대우 속에 핍박받지 않게 해달라는 말.

그건 한정훈을 조건 없이 방출시켜 달라는 소리나 다름없었다.

스톰즈가 한정훈을 방출하면 한정훈은 자유계약 신분이 된다.

국내는 물론이고 해외 구단과도 자유롭게 계약을 논할 수 있게 되는 셈이다.

"물론 다른 속셈으로 이런 말씀을 드리는 건 아닙니다. 저역시 한정훈 선수가 스톰즈의 유니폼을 입고 국내 최고의 선수가 되길 바라고 있습니다. 하지만 실력 외적인 문제로 발목이 잡힌다면 에이전트로서 그냥 두고 볼 수가 없을 것 같습니다."

김명석 단장의 표정이 굳어지자 고명희가 냉큼 말을 덧붙였다.

어디까지나 최선은 스톰즈에서 뛰며 해외 진출 자격을 획득하는 것이었다. 해외 진출을 앞당기기 위해 방출을 운운한 건 결단코 아니었다.

다행히 김명석 단장도 고명희의 말을 곡해하지 않았다.

"무슨 말씀인지는 충분히 이해했습니다. 그런 조건이 포함된다면 백 감독님도 한정훈 선수를 함부로 대하지 못하겠죠. 하지만 오히려 역효과를 불러올지도 모른다는 걱정이 듭니다. 아시다시피 백 감독님은 고집만큼이나 자존심이 센 분이라서요."

"익히 들어 잘 알고 있습니다. 그래서 더 걱정이죠."

"어차피 내년이면 계약 만료입니다. 그리고…… 아직 대외비이긴 하지만 재계약은 어렵다는 내부 방침을 정해 놓은 상황입니다."

"스톰즈를 위해서도 다행스러운 결정입니다. 하지만 그렇다 해도 한정훈 선수가 백 감독 밑에서 1년을 보내야 한다는 사실은 달라지지 않겠죠."

"후우……."

"단장님, 저는 한정훈 선수를 내세워 감히 감독 교체를 요구하려는 게 아닙니다. 한정훈 선수가 프로에서도 좋은 모습을 보여주고 그걸 백 감독이 인정해 준다면 더할 나위가 없겠죠. 하지만 그게 어렵다면 저는 저대로 선수를 지킬 수밖에 없습니다."

프로 선수에게 있어 데뷔 시즌은 그 어느 때보다 중요했다.

프로 첫해에 어떤 모습을 보여주느냐에 따라 미래의 청사진이 달라지기 때문이었다.

2008년 캐나다 에드먼턴 대회 우승 멤버였던 안치웅은 2009년부터 타이거즈의 주전 2루수로 뛰었다.

그리고 개정된 FA 룰에 따라 지난해 말 8년의 서비스 타임을 채우고 4년 80억이라는 FA 대박을 터뜨렸다.

안치웅이 타이거즈 입단 후 재계약을 하기까지 걸린 시간은 정확하게 10년.

그중 2년은 군복무를 해결했으니 최단기간에 FA 자격을 획득한 셈이었다.

그러나 같은 대회에서 활약했던 허경인은 사정이 달랐다. 1억 5천만 원의 계약금을 받고 2차 드래프트 1지명으로 베어스에 입단했지만 포지션 경쟁에서 밀리며 2009년 단 한 경기도 1군 무대에 서지 못했다.

이듬해 허경인은 군 문제를 해결하기 위해 경찰청 자원입대를 결정했다.

그리고 제대 후 2012년부터 조금씩 출전 기회를 늘리다 2015년에 이르러서야 주전급 선수로 자리를 잡게 됐다.

이미 FA 대박을 터뜨린 안치웅과는 달리 허경인은 서비스 타임을 5년밖에 채우지 못했다.

올해는 물론이고 내년, 내후년까지 부상 없이 꾸준히 프로 무대에서 활약해야 자유계약 자격을 얻을 수 있었다.

만 29세. 우리 나이로 서른하나가 되어서 말이다.

물론 30대 초반에 FA 자격을 얻는다는 건 축복과도 같은 일이었다.

그러나 대부분의 야수가 30대 중반부터 기량이 감소한다는 걸 감안하면 4년 후 두 번째 FA에서 좋은 조건을 보장받기란 쉽지 않아 보였다.

반면 20대 후반에 첫 번째 FA 자격을 얻은 안치웅은 사정이 달랐다.

4년 후에도 30대 초반이니 얼마든지 두 번째 FA 대박을 노릴 수 있었다.

안치웅과 허경인의 FA는 2년 차이였다.

그리고 그 2년의 차이를 만든 게 바로 루키 시즌이었다.

고명희는 한정훈이 루키 시즌부터 주전 선수로 자리를 잡길 바랐다.

백종훈 감독 같은 변수 때문에 루키 시즌의 커리어가 망가지는 걸 원치 않았다.

가장 큰 이유는 역시나 해외 진출이었다.

스톰즈 구단에서는 한정훈이 규정대로 6년 이상 머물러 주길 바라고 있겠지만 고명희와 한정훈의 계획은 달랐다.

4년.

국제 대회 참여시 주어지는 각종 보상을 전부 끌어 써서라도 2023년이 끝나기 전에 메이저리그로 넘어갈 생각이었다.

2018년 FA 규약을 개정하면서 협회는 해외 진출 자격 연한을 7년에서 6년으로 단축했다.

그와 함께 국가대표 소집에 따른 추가 보상 제도를 신설했다. 기존의 소집 기간에 따른 FA 일수 보상만으로는 대표팀을 꾸리기가 마땅치 않았기 때문이다.

올림픽, 아시안 게임, 월드 베이스 볼 클래식, 프리미어 12.

현존하는 4개의 국가 대항전 중 협회가 가장 신경 쓰는 건 프로들의 경기인 월드 베이스 볼 클래식과 프리미어 12였다.

하지만 선수들은 병역 혜택이 주어지고 시즌 중에 대회를 치르는 아시안 게임과 올림픽을 선호했다.

월드 베이스 볼 클래식이나 프리미어 12에 선발되면 이런저런 핑계를 대며 빠지려고 굴었다.

그래서 협회는 국가대표팀에 적극적으로 참여하는 선수들에 한해 해외 진출 요건을 완화시켜 주기로 결정을 내렸다.

국가대표에 뽑히는 선수치고 해외 무대를 꿈꾸지 않는 이들이 없으니 그 욕망을 부채질해 자발적 참여를 이끌어내겠다는 계산이었다.

보상의 정도는 대회마다 달랐다.

일단 병역 혜택이 없는 월드 베이스 볼 클래식(WBC)과 프리미어 12는 국가대표 소집 기간의 3배수를 보상받을 수 있었다.

반면 올림픽과 아시안 게임은 소집 기간의 2배수만 인정됐다.

병역 혜택이라는 확실한 보상이 있는 만큼 중복 혜택을 줄 수 없다는 이유에서였다.

대회마다 조금씩 차이는 있지만 국제 대회의 평균 소집 기간은 30일 정도. 향후 4년간 한정훈이 모든 국제 대회에 국가

대표로 참여한다고 가정했을 때 확보할 수 있는 보상 일수는 최대 300일이었다.

그중 290일 만 얻어내도 해외 진출을 2년 앞당길 수 있었다.

물론 290일을 채우려면 월드 베이스 볼 클래식과 프리미어 12에서 어느 정도 성적을 내야 했다.

지난 월드 베이스 볼 클래식처럼 대표팀이 1라운드에서 탈락해 버리면 2년을 줄이기가 요원해졌다.

그러나 고명희는 한정훈이라면 4년 후 해외 진출이 불가능하지 않다고 여겼다.

그리고 한정훈의 재능을 재대로 꽃피우기 위해서라도 4년을 넘겨서는 안 된다고 판단했다.

국내 프로야구 야수 중 최초로 메이저리그에 입성한 강정오는 주전 5년 차 때 포텐이 터졌다.

2006년 유니콘즈 입단 후 2년간 백업 선수로 지내다가 2008년 히어로즈로 팀이 바뀐 이후 400타석 이상의 시즌을 네 차례 보내더니 2012년에 0.314의 타율과 25개의 홈런을 쏘아 올리며 전성기에 접어들었다.

일본과 메이저리그를 거쳐 자이언츠로 돌아온 이대오의 성장도 비슷했다.

2001년 자이언츠에 입단해 2002년부터 주전의 입지를 다지다 5년 차인 2006년에 0.336의 타율과 26홈런, 88타점으로 역대 두 번째 트리플 크라운을 달성하며 조선의 4번 타자로 자리매김했다.

라이언 킹 이승협의 커리어 하이 시즌도 5년차 때 나왔다.

95년 라이온즈에 입단한 이래 주전 1루수 자리를 꿰차며 실력을 쌓은 뒤 1999년에 54개의 홈런과 124타점을 쓸어 담으며 프로야구를 대표하는 홈런 타자로 우뚝 섰다.

베어스에서 뛰었던 김현우와 이글스의 4번 타자 김태윤의 경우는 데뷔 3년 차 때 잠재력이 폭발했다.

개명까지 하며 야구에 대한 열의를 보였던 손하섭은 5년 차 같은 7년 차 때 만개했고 소년 장사 최전도 풀타임 5년 차인 2010년에 3할 타율과 20홈런을 기록했다.

선수들마다 조금씩 편차는 있지만 메이저리그에 도전할 만했던 타자들의 경우 대부분 20대 초중반부터 기량을 뽐냈다.

이승협이나 김태윤처럼 루키 시즌부터 주전을 보장받을 경우에는 성장 속도가 더 빨랐다.

전문가들은 한정훈을 역대급 재능의 유망주로 평가했다. 비교 대상도 어마어마했다.

KBO 최다 홈런의 주인공인 이승협.

힘과 정교함을 두루 갖춘 이대오.

레인저스의 추신우.

스타일은 다르지만 하나같이 최고라 평가받는 선수들뿐이

었다.

단순히 재능만 놓고 봤을 때 고명희는 셋보다 한정훈이 더 낫다고 여겼다.

이승협과 이대오, 추신우 모두 아마추어 시절부터 재능이 남달랐지만 한정훈처럼 3년 내내 고교리그를 평정하진 못했다.

하지만 한정훈의 재능이 제아무리 뛰어나다 하더라도 기회를 보장받지 못하면 아무 소용이 없었다.

"과한 요구인 거 압니다. 하지만 실력도 없이 자리를 보장받겠다는 건 결코 아닙니다. 필요하다면 합리적인 기준점을 명시하셔도 좋습니다. 그 기준점에 미치지 못한다면 제가 앞장서서 한정훈 선수를 설득해 퓨처스 리그로 보내겠습니다."

고명희가 다시 한번 김명석 단장을 설득했다.

선수 길들이기를 당연한 통과 의례쯤으로 여기는 백종훈 감독에게서 한정훈을 지킬 수 있는 방법은 이것뿐이었다.

"후우…… 잠시 전화 한 통화만 하겠습니다."

길게 한숨을 내쉬며 김명석 단장이 자리에서 일어났다.

그리고 다시 화장실로 들어가 조상민 사장에게 전화를 걸었다.

-그러니까 주전 자리를 보장해 달라는 건데…… 한정훈 어디 아픈 거 아니지?

"그런 걸로 꼼수 부리는 것 같진 않습니다. 어차피 메디컬 테스트를 하면 다 나올 테니까요."

-그럼 왜 갑자기 보장 타령이야? 자신이 없는 거야?

"그것보다는…… 백 감독의 지도 스타일을 걱정하는 것 같습니다."

-백 감독에게는 올해까지만 맡기기로 했잖아. 그건 말 안 한 거야?

"넌지시 전하긴 했습니다만 저쪽도 해외 진출을 염두에 두고 있을 테니까요. 1년도 허비하기 싫겠죠."

-후우……. 김 단장, 우리 이 계약 꼭 해야 하는 거 맞는 거지?

"협상이 결렬되면 한정훈은 아무 일도 없었다는 것처럼 미국으로 갈 겁니다. 그리고 우리는 닭 쫓던 개가 되겠죠."

-사람하고는. 비유가 너무 적나라한 거 아냐? 그래서 김 단장 생각은 뭔데?

"성적을 조건으로 걸어도 좋다고 하니까요. 대외비를 조건으로 받아들이는 게 좋을 것 같습니다."

김명석 단장은 차분하게 조상민 사장을 설득했다.

실력에 따라 차별을 받는 게 프로의 세계였다.

30억짜리 초대형 신인에게 형평성의 잣대를 가져다 대는 건 애당초 말이 되지 않았다.

하지만 조상민 사장은 계약서 내용이 자꾸 변경된다는 게 마음에 걸렸다.

-그냥 내가 회장님 찾아뵐까?

"갑자기 회장님은 왜요?"

-감독 하나 때문에 이게 뭔 난리야. 기다려 봐. 내가 눈 딱 감고 지를 테니까.

"그래봐야 소용없을 겁니다. 내년에 새 감독 찾겠다는 거 허락하셨잖아요. 그 정도면 회장님도 충분히 양보하신 겁니다."

-나도 알아. 아는데…….

"명분도 부족합니다. 퓨처스 리그 1위 감독을 아무 이유 없이 자르면 다른 사람도 감독으로 오지 않으려고 할 겁니다."

-그래서? 다들 난리인데 이대로 가자고?

"백 감독도 임기만 채우고 군말 없이 떠나겠다고 했으니까요. 적정선에서 조율하는 게 나을 것 같습니다."

-후우……. 젠장할. 내가 사장인데 내 맘대로 할 수 있는 게 하나도 없네.

조상민 사장이 불만스레 투덜거렸다. 그러자 김명석 단장도 지지 않고 푸념을 늘어놓았다.

"그건 저도 마찬가지입니다. 말만 단장이지 중간에 끼어 죽을 맛입니다."

-그럼 이참에 우리 최본한테 다 넘겨 버릴까? 그렇지 않아도

한 자리 달라고 난리던데.

"최승민 본부장 끌어들이실 생각이면 미리 말씀해 주세요. 사직서 준비해 놓고 있겠습니다."

-그냥 한번 해본 소리야. 내가 미쳤어? 어떻게 만든 스톰즈인데 그걸 뺏겨?

"저도 그 심정으로 버티는 중입니다."

-젠장, 그만 징징대라 이거지? 알았어. 김 단장 믿을 테니까 한정훈 건은 알아서 해.

"네, 감사합니다, 사장님."

통화를 마친 김명석 단장은 잠시 생각을 정리했다.

그리고 고명희에게 1군 보장을 위한 조건을 내걸었다.

"일단 건강해야 합니다. 몸에 이상이 있으면 무조건 퓨처스리그로 내릴 겁니다."

"그건 제가 부탁드리고 싶은 겁니다."

"성적은 주간 기준으로 타율 3할로 하겠습니다. 홈런이나 타점은 변수가 많으니까요."

"3할이라. 예상보다 가이드라인이 높네요."

"대신 첫 한 달간은 성적에 상관없이 무조건 보장하겠습니다."

"그렇다면 좋습니다. 받아들이겠습니다."

"어차피 계약서도 새로 뽑아야 할 것 같으니 나머지는 구단

사무실에 가서 논의하시죠.”

“그럼 염치없지만 차 좀 얻어 타겠습니다.”

계약금과 1군 보장이라는 큰 산을 넘었지만 계약서에 도장이 찍히기까지는 일주일이란 시간이 더 걸렸다.

“이제 다 된 거죠?”

“네, 이제 한정훈 선수는 스톰즈 선수입니다.”

“후우……. 선수 하나 영입하는 게 이렇게 힘든 줄 몰랐네요.”

“그만큼 잘할 선수니까요. 아무쪼록 저희 한정훈 선수 잘 좀 부탁드립니다.”

한정훈의 계약 발표는 상호 협의에 및 관례에 따라 연말로 연기됐다.

그러나 눈치 빠른 기자들은 앞다투어 한정훈의 계약 관련 기사들을 쏟아냈다.

[슈퍼 루키 한정훈 스톰즈 입단 확정! 계약금은 20억+@]

[한정훈! 역대 신인 최고 계약금으로 스톰즈 유니폼 입는다!]

한정훈이 계약하길 오매불망 기다려 왔던 스톰즈 팬들은 홈페이지에 모여 축제를 벌였다.

└한정훈 진짜 스톰즈 오는 거 맞죠?

└맞음, 확실함. 지인이 구단 프런트에 있는데 한정훈 선수 오후에 다녀갔다고 함.

└지피셜 지리네요.

└저거 구라임. 한정훈 오늘 대통령배 경기 뛰었는데 무슨.

└1차 지명받았는데 대통령배 뛰었다고? 왜? 어째서? 설마 메이저리그에 미련 남은 거 아냐?

└보통 3학년들은 2차 지명 끝난 다음부터 빠지는 게 관례임.

└그럼 대통령배가 마지막이겠네. 그런데 이번에도 MVP 타려나?

└ㅇㅂㅇ 3라운드인데 벌써 홈런 5개째.

└진짜 피도 눈물도 없는 한뚱이네.

　　야구팬들도 모였다 하면 한정훈에 대한 이야기들을 쏟아냈다.

└한정훈 20억 넘게 받는다던데?

└그 정도는 예상했던 거 아냐? 메이저리그 구단들하고 최소 300만 달러 선에서 협상 진행했었잖아.

└스톰즈가 통이 큰 건가, 아니면 한정훈이 그만큼 대단한 건가?

└일단 지금은 둘 다라고 봐야 할 거 같은데.

└둘 다는 개뿔. 한정훈 고교리그 씹어 먹는 소리 안 들리냐?

└고교리그하고 프로는 다르지. 강승혁 봐라. 리틀 이승협이라고 호들갑 떨더니 퓨처스 리그에서 홈런 30개 때리기도 빠듯하잖아.

└그래도 내년에 스톰즈 기대된다.

└ㅇㅂㅇ 최정혁 트리오 재결합했으니 용병만 잘 뽑으면 꼴지는 안 할 듯.

└쓸 만한 용병만 뽑으면 대박이겠는데?

└그런데 스톰즈는 용병 5명 쓴다는데 사실이냐?

└5명 보유는 맞는데 1군 등록 4명까지임.

└그럼 동시에 4명 출장 가능한 거야?

└아니, 동시 출장은 3명까지. 4명 보유 3명 출장하고 크게 달라진 건 없어.

└별거 아님. 단지 2군에 용병 투수 한 명 더 둘 수 있다는 것뿐이야.

└그게 왜 별게 아니냐? 메리트 쩌는데.

└맞아, 여분의 용병이 대기 중이니 누구 하나 다쳐도 전력 누수 최소로 줄일 수 있고 돌아가며 2군 내려서 용병들 체력도 관리할 수 있음.

└그럼 투수 4명에 타자 1명이 딱이네. 강승혁하고 한정훈 사이

에 용병 타자 하나 박아놓고 투수 4명 번갈아가며 1명씩 쉬게 하면

  └무슨 헛소리야? 투수는 유망주들 키우고 화력 보강해야지. 지금 타선으로는 1군에서 버티기 힘들다고.

　한정훈의 입단과 맞물려 스톰즈의 용병 구성에 대한 예측도 난무했다.

　활용 가능한 용병 카드가 4장에서 5장으로 늘어나면서 투수 두 명에 타자 한 명을 원칙으로 하는 기존 구단들과는 차별성을 갖게 된 것이다.

　"기왕이면 투수를 한 명 더 뽑는 게 좋을 것 같습니다."

　김명석 단장은 추가로 얻어 낸 용병 티오를 투수 쪽에 쓰고 싶었다.

　투수 세 명, 타자 한 명을 1군에 등록시킨 뒤 여분의 투수 한 명을 2군에 대기시킨다면 보다 안정적인 시즌 운영을 할 수 있을 것 같았다.

　하지만 백종훈 감독은 타자를 2명 이상 뽑아야 한다고 고집을 부렸다.

　"김 단장이 밖으로 나도느라 정신이 없어서 잘 모르나 본데 지금 테스트 하고 있는 선발 투수만 열 명이 넘어요. 그런데 용병 투수를 넷이나 데려오면 선발감은 언제 키우라는 겁니까?"

"감독님께서 고생하고 계시는 거 잘 알고 있습니다. 그래도 다른 구단과 어느 정도 전력을 맞추는 게 좋을 것 같은데요."

"허허. 김 단장, 우리 욕심부리지 맙시다. 신생팀이 꼴찌를 두려워해서야 되겠습니까? 위즈 봐요. 몇 년째 하위권을 맴돌고 있잖습니까."

"하지만 다이노스는 벌써 우승을 넘 볼 만한 팀이 됐죠."

"거참. 다이노스는 운이 좋았다고 몇 번 말합니까? 위즈가 정상인 겁니다. 지금까지 전례가 그렇다니까요."

"그래도 어느 정도 승률을 맞추려면……."

"김 단장, 자꾸 같은 말 하게 만들 거요? 막말로 김 단장이 감독입니까? 감독은 나요, 나. 내가 용병 타자를 쓰겠다는데 왜 김 단장이 난리입니까?"

"백 감독님, 말씀이 좀 지나치십니다."

"그건 내가 할 소리요. 막말로 김 단장 말대로 하면 계약 연장해 줄 거요?"

"……"

"이럴 거면 그냥 잘라요. 사사건건 간섭할 거면 감독은 왜 뽑은 겁니까?"

백종훈 감독이 보란 듯이 역정을 냈다.

육십을 넘긴 나이에 손자뻘 되는 김명석 단장과 입씨름을 해야 한다는 게 마음에 들지 않는 모양이었다.

하지만 김명석 단장도 무조건 백종훈 감독의 고집을 맞춰줄 수가 없었다.

신생팀을 제외한 국내 프로야구 구단들이 보유할 수 있는 용병은 3명까지다.

그중 2명은 보통 투수의 몫이었다.

단순히 2명 출전 제한에 맞추기 위해서는 아니었다.

야구는 투수 놀음이라는 말처럼 타자보다는 투수가 밥값을 하는 경우가 더 많아서 생긴 현상이었다.

올해도 10개 구단은 기본적으로 수준급 외국인 투수 2명과 토종 에이스 투수 1명을 묶어 선발진을 구성했다.

투수진이 두터운 몇몇 구단은 4선발까지 확보하며 순위 싸움에서 우위를 점했다.

이런 분위기에서 선수층이 얇은 신생팀이 마운드가 아닌 타선에 힘을 주겠다는 건 경쟁을 포기하겠다는 소리나 다름 없었다.

"백 감독님, 선수 운용 권한은 감독님께 있다는 거 인정합니다. 하지만 한 해 농사가 걸렸다는 용병 문제만큼은 프런트의 입장도 귀담아들어 주셨으면 좋겠습니다."

"프런트가 떠드는 게 현장하고 동떨어지니까 하는 소리잖소!"

"백 감독님께서 예로 드셨던 위즈도 첫해에 용병 타자를 두

명 썼지만 별다른 재미를 보지 못했습니다. 반면 다이노스는 세 명의 수준급 용병 투수들을 앞세워 이듬해에 3위까지 올랐습니다."

"거참 말귀 못 알아듣네. 다이노스는 예가 다르다니까?"

"제가 지금 다이노스만큼 성적을 내달라고 말씀드리는 게 아니잖습니까."

"어쨌든 용병 타자 2명 쓸 겁니다. 팀에 타자가 없어요. 홈런을 칠 만한 선수라고는 강승혁이 하나뿐인데 클린업 트리오는 구성해야 할 거 아닙니까!"

"그래서 이번에 한정훈 선수를 영입하지 않았습니까."

"허, 지금 프로에 적응할지도 장담 못 하는 그런 애송이를 믿고 투수 뽑으라 이겁니까? 그러다 시즌 망치면 김 단장이 책임질 겁니까?"

백종훈 감독이 코웃음을 쳤다. 말투를 보아하니 한정훈을 제대로 인정해 줄 마음이 눈곱만큼도 없는 것 같았다.

그러자 김명석 단장도 작심하고 말을 뱉어냈다.

"한정훈 선수는 제 몫은 충분히 해줄 거라고 생각합니다. 오히려 백 감독님께서 밀고 계시는 그 투수들이 문제겠죠."

"뭐요? 지금 말 다했소?"

백종훈 감독이 자리에서 벌떡 일어섰다.

벌겋게 부풀어 오른 얼굴이 당장에라도 욕지거리를 쏟아낼 것만 같았다.

그러나 김명석 단장은 호락호락 물러서지 않았다.

그렇지 않아도 한정훈 문제로 한 번쯤은 백종훈 감독과 부딪쳐야 하는 상황에서 판이 벌어졌으니 마다할 이유가 없었다.

"제가 틀린 말했습니까? 백 감독님께서 개인적으로 데려오신 선수가 지금 몇 명인 줄 아십니까?"

"그게 뭐 어쨌다는 거요? 뛸 선수가 없으니까 데려온 거 아니오! 그리고 내가 아무나 데려왔소?"

"아무나는 아니죠. 전부 부성 대학교 출신 선수들이니까요."

"김 단장!"

"어쨌든 구단 방침은 투수 네 명입니다. 투수들 교통정리가 안 되는 게 문제라면 제가 처리하죠. 쓸모없는 선수들은 방출하면 되는 거 아니겠습니까."

"허! 이봐요, 김 단장. 지금 나랑 해보자는 겁니까!"

"지금까지는 백 감독님 원하시는 대로 해드렸지만 앞으로는 다를 거라고 말씀드리는 겁니다."

김명석 단장은 단호하게 선을 그었다.

명색이 프로 구단이 되어서 원칙과 철학도 없이 감독의 똥고집에 끌려다닐 수는 없는 노릇이었다.

게다가 내후년부터 팀을 지휘할 차기 감독을 위해서라도 백종훈 감독의 색깔을 최대한 뺄 필요가 있었다.

감독 자리에 연연하지 않겠다고 말하면서도 백종훈 감독은 스톰즈의 지휘봉을 내려놓을 생각이 전혀 없는 듯했다.

실제로 경기가 없는 날마다 모그룹 임원들과 접촉하며 재계약을 위해 발버둥치고 있었다.

물론 김명석 단장은 백종훈 감독과 재계약할 의사가 추호도 없었다.

하지만 백종훈 감독의 바람처럼 모그룹에서 다시 한번 감독 인사에 개입할 가능성도 배제하기 어려웠다.

'이번 기회에 확실히 정리하자.'

김명석 단장이 날선 눈으로 백종훈 감독을 바라봤다.

그러자 능구렁이 같은 백종훈 감독이 냉큼 전략을 바꿨다.

평소처럼 나이와 고집을 내세워 봐야 먹혀들 것 같지 않다고 판단한 것이다.

"그래서 김 단장이 원하는 게 뭡니까?"

"말씀드렸던 것처럼 투수 위주로 용병을 뽑겠습니다."

"그래서, 김 단장은 한정훈이 있으니까 용병 타자를 한 명 줄여도 상관없다는 겁니까?"

백종훈 감독은 괜히 한정훈을 들먹였다.

항간에 떠들어대는 한정훈의 계약금이나 특별대우를 문제

삼는다면 김명석 단장도 한발 물러날 수밖에 없을 거라 여겼다.

그러나 정작 김명석 단장은 한정훈을 물고 늘어지는 백종훈 감독이 고맙기만 했다.

"제 개인적인 판단은 그렇습니다. 전략 분석팀과 스카우터 팀도 같은 생각이고요."

"허, 그러니까 이제 막 고등학교를 졸업하는 루키가 프로에서 통할 거라고 확신한다 이겁니까?"

"백 감독님도 한정훈 선수의 영상과 기록을 보셨지 않습니까?"

"그건 리그가 다르잖소. 리그가. 아마추어리그하고 프로리그하고 같습니까?"

"정 못 미더우시면 나중에 테스트를 하십시오. 그것까진 만류하지 않겠습니다."

김명석 단장이 슬쩍 미끼를 내던졌다. 그러자 백종훈 감독이 기다렸다는 듯이 달려들었다.

"그럴 게 아니라 지금 합시다. 그 녀석 지금 어디 있습니까?"

"지금 대통령배 뛰고 있을 텐데요."

"경기 없으면 오라고 하십시오. 아니 무조건 오라고 해요. 무조건!"

"그래도 갑자기 그러는 건……."

"왜요? 테스트하라면서요?"

"알겠습니다. 그렇게 하시죠. 대신 저도 지켜보겠습니다."

"또 뭘 지켜본다는 거요?"

"백 감독님께서 애지중지하시는 그 투수들도 프로에서도 통할 수 있을지 확인해 봐야 하지 않겠습니까?"

"젠장! 그래 어디 누가 이기나 해봅시다!"

백종훈 감독이 씩씩거리며 단장실 밖으로 뛰쳐나갔다. 하지만 김명석 단장은 눈 하나 까딱하지 않았다.

"그러게 왜 자꾸 최승민 본부장을 끌어들입니까?"

차마 내뱉지 못한 말을 중얼거리며 김명석 단장은 핸드폰을 집어 들었다. 그리고 고명희에게 전화를 걸었다.

-네, 고명휩니다.

"접니다. 김명석. 일전에 부탁드린 일 때문에 한정훈 선수를 빌렸으면 하는데요."

-아, 그 혹시 있을지 모른다는 테스트 말입니까?

"네, 어떻게 하다 보니 오늘이 되어버렸습니다. 참, 한정훈 선수 컨디션은 어떻습니까?"

-오늘 컨디션 별로인데요.

"네? 무슨 일 있습니까?"

-경기 나갔는데 사구를 두 개나 얻어맞았습니다.

"이런, 어디 다친 곳은 없고요?"

-네, 한정훈 선수가 또 요령껏 잘 피합니다. 두 번 다 지난번에 선물해 주신 보호 장비에 맞았습니다.

"다행이네요. 정말 입단하면 한정훈 선수 전용 보호 장구를 맞춰야 할 것 같습니다."

-그래주시면 감사하죠. 그런데 한정훈 선수가 왜 사구를 두 개나 맞았는지는 궁금하지 않으십니까?

"제가 사구에만 정신이 팔렸나봅니다."

-하하, 아닙니다. 아니에요. 오히려 한정훈 선수를 진심으로 신경 써주시는 거 같아서 감사할 따름입니다.

"그렇게 말씀해 주시니 얼굴이 화끈거리려고 그러네요. 그런데 한정훈 선수는 왜 사구를 두 개나 맞은 건가요?"

-홈런을 좀 세게 쳤거든요.

"얼마나 세게요?"

-만루 홈런만 두 개를 쳤습니다. 그것도 에이스 투수를 상대로요.

"하하……."

-두 번째 홈런 치기 전에 이미 경기 분위기가 넘어간 상황이라 한정훈 선수도 가볍게 외야 플라이만 치려고 했다는데 공이 와서 맞았답니다.

"그럼 오늘 컨디션 엄청 좋은 거 아닙니까?"

-아니죠. 외야 플라이를 치려고 했는데 못 쳤으니 타격감에

문제 있는 거 아니겠습니까?

"그것도 말은 되네요."

김명석 단장이 피식 웃었다.

평소 고명희표 말장난을 좋아하진 않았지만 오늘은 왠지 모르게 귀에 착착 감겨왔다.

"한정훈 선수는 언제쯤 볼 수 있을까요?"

-한정훈 선수한테도 말은 해놓았으니까요. 오래 걸리지 않을 겁니다.

"그러면 제가 차량 보내겠습니다."

-번거롭게 그러실 필요 없습니다. 제가 금방 태우고 가겠습니다.

"차 수리 끝났나요?"

-네, 수리는 끝났습니다. 다만 엔진이 오래되어서 언제 터질지 모른다고는 하더라고요.

"하아……. 그 자리에서 꼼짝 말고 계십시오. 사람 보낼 테니까요."

-아이고. 안 그러셔도 되는데…….

"그러다 한정훈 선수에게 무슨 일이라도 날까 봐 그럽니다."

-뭐, 그러시다면야 굳이 사양은 안 하겠습니다.

"네, 그럼 조금 이따가 뵙도록 하죠."

김명석 단장은 서둘러 통화를 끊었다.

그러고는 고개를 절레절레 흔들다가 다시 테이블 위에 누군가 올려놓고 간 자동차 팸플릿을 집어 들었다.

그때였다.

"단장님, 지금 백 감독님 난리인데요?"

열린 문으로 안성민 운영팀장이 들어왔다.

"백 감독이 왜?"

"선수들 불러다놓고 또 쥐 잡듯이 잡고 있습니다."

"내버려 둬. 백 감독 그러는 게 어디 하루 이틀이야?"

"그런데…… 벌써 차 바꾸시게요?"

안성민 팀장의 시선이 팸플릿 쪽으로 향했다.

"나 말고. 누구 선물할까 해서."

"혹시 여자 친구분?"

"만나는 여자 없다니까 그러네."

"그럼 누군데요? 가족?"

"있어, VIP를 똥차에 태우고 다니겠다는 사람."

"아하, 미스터 고요?"

"미스터 고?"

"고명회 씨가 그렇게 불러달라던데요."

"쓸데없는 소리 말고 차 하나만 찍어놓고 가."

김명석 단장이 팸플릿을 안성민 팀장에게 넘겼다.

"차는 제가 좀 알죠. SUV로 가실 거죠?"

안성민 팀장은 부지런히 페이지를 넘기더니 제법 비싸 보이는 차를 들이밀었다.

"이게 좋을 거 같습니다. 이게 이번에 풀 체인지 되었거든요."

"얼마나 하는데?"

"풀 옵션으로 하면 4천 대 중반이요?"

순간 김명석 단장의 표정이 굳어졌다. 제휴사 할인을 받는다 해도 3천은 훌쩍 넘을 것 같았다.

"너무 비싼 거 고른 거 아냐?"

"에이, 외제차도 아닌데요, 뭘. 그리고 그 차를 누가 타고 다닐지 생각해 보세요."

"젠장."

김명석 단장이 마지못해 팸플릿을 받아들었다.

능글맞은 고명희를 생각하면 자전거도 아까웠지만 한정훈이 탈 생각을 하니 가격에 맞추는 건 무의미해 보였다.

"참, 직원 보내서 한정훈 선수 좀 데려와."

"지금이요?"

"그래. 한정훈 선수 쪽 하고는 이야기 끝났으니까 서둘러."

"알겠습니다."

안성민 팀장은 직원을 시키지 않고 직접 한정훈과 고명희를 픽업해 왔다.

그 과정에서 고명희에게 해서는 안 될 말을 흘려 버렸다.

"어이쿠, 단장님. 그러시지 않으셔도 되는데……."

"……?"

"그래도 기왕 뽑아주시는 거 무채색으로 부탁합니다. 밝은 건 관리하게 귀찮아서요."

"……."

김명석 단장이 다시 고개를 흔들었다.

메이저리그에서 근무하며 수많은 에이전트를 만나왔지만 고명희만큼 낯짝 두꺼운 사람은 처음이었다.

하지만 고명희도 뻔뻔하기만 한 에이전트는 아니었다.

"백 감독은 제자들을 마운드에 올리겠죠?"

"아마 그럴 겁니다. 제가 투수 정리하겠다고 으름장을 놓았으니까요."

"그럼 성민수겠네요."

"성민수요? 김성진이 아니고요?"

"네, 우완이지만 좌타자에 강하거든요. 게다가 좌타자 바깥쪽을 파고드는 슬라이더도 예술이고요. 반면 김성진은 좌완이지만 투구폼이 단순해서 좌타자들에게 구종이 쉽게 읽히죠."

"전략팀에서 자료 받으셨습니까?"

"하하, 그럴 리가요. 지난번에 그 말씀 듣고 제가 틈틈이 준비한 겁니다."

"따로 직원 고용하신 거 아니고요?"

"고객이라고는 한정훈 선수 한 명뿐인데 이 정도는 해야죠."

고명희가 씩 웃었다. 김명석 단장도 새삼스러운 눈으로 고명희를 바라봤다.

하지만 잠시 후, 마운드에 올라 온 건 성민수가 아니라 좌투수 김성진이었다.

14장
테스트

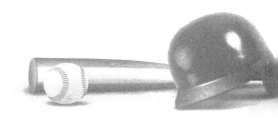

1

"어라? 이럴 리가 없는데?"

고명희가 당혹스러운 표정을 지었다. 그러자 김명석 단장이 쓴웃음을 지었다.

"고 대표님도 아시는 걸 누구만 모르고 있나 봅니다."

"……네?"

"아닙니다. 아무것도."

김명석 단장의 시선이 김성진의 옆에 선 백종훈 감독에게 향했다.

백종훈 감독은 뭐가 그리 좋은지 실실 웃으면서 김성진을 달래고 있었다.

"여기 오기 전에 사구를 두 개나 얻어맞았다고 하니까 시작할 때 겁 좀 줘라."

"그러다 맞으면요?"

"네 똥볼 맞고 죽을 사람 없다."

"그런데 감독님. 정말 맞혀도 되는 거예요? 저 자식 몸값 장난 아니라고 하던데?"

"짜식아, 그렇다고 너무 티 나게 맞추지는 말고."

"농담이에요. 제가 설마 그거 하나 컨트롤 못 할까요?"

"암튼 프로가 뭔지 제대로 보여줘라."

"넵, 감독님. 저만 믿으세요!"

김성진이 큰소리를 쳤다. 백종훈 감독도 김성진의 엉덩이를 툭 때려주고는 마운드를 내려왔다.

그사이 한정훈은 보호장구를 꼼꼼히 착용하고 타석에 들어섰다.

"네가 한정훈이냐?"

포수 마스크를 쓴 박명호가 퉁명스럽게 말을 걸었다.

"네, 선배님. 잘 부탁드립니다."

한정훈이 헬멧을 살짝 들어 올리며 박명호에게 고개를 숙였다.

"새끼, 붙임성은 있네."

박명호가 피식 웃었다. 자신은 감히 꿈도 꿔 보지 못한 거액의 계약금을 받고 들어온다기에 건방질 줄 알았는데 생각했던 것보다 제법 싹싹해 보였다.

하지만 그렇다고 해서 볼배합이 달라질 일은 없었다.

'억울해 마라. 우리도 살아야 하니까.'

박명호가 가랑이 사이로 손가락을 움직였다. 그리고 한정훈의 몸 쪽으로 미트를 붙여넣었다.

사인을 확인한 김성진도 씩 웃으며 고개를 끄덕였다.

"잘 피해라, 애송아."

잠시 숨을 고르던 김성진이 빠르게 공을 내던졌다.

후앗!

김성진의 손끝을 빠져나온 공이 곧장 한정훈의 얼굴 쪽으로 날아들었다.

'위협구.'

한정훈은 냉큼 타격 자세를 풀고 고개를 뒤로 젖혔다.

퍼엉!

한정훈의 코앞을 스쳐 지난 공이 박명호의 미트에 파묻혔다.

"야, 괜찮나?"

박명호가 입가를 비틀며 한정훈을 바라봤다.

"미안, 좀 붙었네?"

김성진도 짓궂은 얼굴로 손을 들어 보였다.

'이런 식으로 나온다 이거지?'

한정훈도 피식 웃었다. 한동안 한솥밥을 먹을 선배들인 만큼 적당히 하려고 했는데 왠지 그래서는 안 될 것 같은 기분이 들었다.

"후우……."

타석에서 한발 물러선 뒤 한정훈은 보호 장구를 꼼꼼하게 챙겼다.

젊은 선수들은 몸에 뭔가를 달고 다니는 걸 귀찮아했지만, 한정훈은 달랐다.

객기부리다 부상당하는 것보다 조금 불편해도 보호 장비를 착용하는 편이 백번 낫다고 여겼다.

그러나 김성진의 눈에는 그 모습이 잔뜩 겁을 먹은 것처럼 보였다.

'짜식, 놀랐나?'

김성진이 애써 웃음을 삼키며 더그아웃 쪽을 바라봤다. 조금 전 위협구가 마음에 들었는지 백종훈 감독도 흡족한 얼굴로 고개를 주억거리고 있었다.

"저 정도면 정신이 번쩍 들었겠지?"

백종훈 감독이 혼잣말처럼 중얼거렸다. 그러자 옆에 서 있던 조명구 수석코치가 냉큼 장단을 맞췄다.

"어쩌면 더 정신이 없을지도 모르죠."

"프로는 다르구나 싶어서?"

"성진이 공보다 빠른 공은 몇 번 봤을지 몰라도 성진이 공처럼 묵직하게 날아드는 공은 거의 처음이지 않을까요?"

김성진의 최고 구속은 148㎞/h였다. 150㎞/h대 포심 패스트볼을 던지는 투수들이 범람하는 고교 야구에 비해 특별히 빠른 공을 던진다고 말하긴 어려웠다.

하지만 김성진의 포심 패스트볼은 구속에 비해 묵직했다.

스톰즈 입단 이후 하체를 활용하도록 투구폼을 고치면서 구위가 좋아졌다는 평가를 받고 있었다.

'이제 스트라이크를 하나 잡아 볼까?'

박명호가 2구째 바깥쪽 공을 요구했다.

구종은 포심 패스트볼.

초구를 얼굴 쪽으로 붙여넣었으니 같은 공이라도 한정훈이 쉽게 대처하지 못할 거라 여겼다.

박명호의 예상대로 한정훈은 2구를 그냥 흘려보냈다.

초구의 잔상 때문인지 바깥쪽을 파고드는 공에 타이밍을 맞추기가 쉽지 않았다.

"원 스트라이크 원 볼이다."

친절하게 카운트를 읊으며 박명호는 3구째 사인을 냈다.

코스는 이번에도 바깥쪽.

구종은 슬라이더.

투 피치 투수로 분류되는 김성진의 결정구였다.

"좋아."

김성진은 그립을 고쳐 쥐었다. 그리고 박명호의 미트를 향해 힘차게 공을 던졌다.

후앗!

김성진의 머리 뒤쪽에서 날아온 공이 한복판을 지나 바깥쪽으로 날아들었다. 그 움직임에 맞춰 한정훈도 빠르게 방망이를 내돌렸다.

하지만.

펑!

홈플레이트 앞쪽에서 휘어져 나간 공은 날카로운 스윙을 피해 박명호의 미트 속으로 빨려 들어갔다.

"생각보다 형편없는데?"

"그러게 말입니다. 선구안이 좋다고 들었는데 딱 고교 레벨 수준인 모양입니다."

"성진이 녀석이 너무 열을 내고 던지는 거 아냐?"

"저는 오히려 평소만 못 한 거 같은데요?"

"그래? 그런데도 저걸 못 골라내면 프로에서는 어림도 없겠지?"

"프로는 고사하고 퓨처스 리그도 힘들 것 같습니다."

"큰일이군. 큰일이야. 저런 걸 수십억이나 주고 데려오게 생겼으니……."

짙은 선글라스에 가려진 백종훈 감독의 시선이 김명석 단장에게 향했다.

그토록 믿었던 한정훈이 삼진 위기에 몰려 있으니 김명석 단장도 속이 새까맣게 타들어갈 것이라 여겼다.

그러나 김명석 단장은 오히려 눈을 반짝이며 경기에 집중했다.

"투 스트라이크네요."

"걱정하지 마십시오. 쉽게 삼진을 당하는 일은 없을 테니까요."

"알고 있습니다. 고 대표님만큼은 아니지만 저도 한정훈 선수 자료들 빠지지 않고 챙겨봤으니까요."

"어쩐지. 너무 태연하시다 했습니다."

고명희가 피식 웃었다. 계약 협상 때 한정훈의 데이터를 줄줄 외우고 있던 김명석 단장이라면 한정훈이 투 스트라이크 이후에 얼마나 강한지도 잊지 않았을 것이라 여겼다.

하지만 김명석 단장은 고명희가 생각하는 것보다 훨씬 더 많은 것을 알고 있었다.

고교 야구 기준이긴 하지만 한정훈은 투 스트라이크 이후에 강했다.

투 스트라이크 이후 타율이 5할에 달했다.

나이에 어울리지 않게 노림수가 좋다 보니 볼카운트가 몰렸다고 당황하지 않았다.

게다가 한정훈은 똑같은 공에 헛스윙을 하는 법이 없었다.

한 번 놓친 공은 그다음에 어떻게든 방망이에 맞혔다. 그렇다 보니 한정훈을 상대하는 배터리들은 결정구를 마음대로 활용하지도 못했다.

이 같은 데이터를 기준으로 봤을 때 지금 궁지에 몰린 건 한정훈이 아니라 부성대 출신 배터리였다.

3구째 김성진이 보여준 바깥쪽 슬라이더의 로케이션은 완벽에 가까웠다.

만약 그 공을 투 스트라이크 이후에 던졌다면 한정훈을 삼진으로 돌려세울 수도 있었을 것이다.

그러나 부성대 배터리는 결정구를 결정적인 순간에 활용하지 못했다.

오히려 두 개의 만루 홈런을 치고 온 한정훈에게 너무 일찍 패를 보여주는 우를 범했다.

'체인지업은 밋밋하니까 던지지 않을 거야. 그럼 포심이란 소리인데…… 던질 데가 있을까?'

김명석 단장의 시선이 마운드로 향했다.

그의 예상처럼 마운드 위에 선 김성진은 투 스트라이크의 우위 속에서도 긴장을 숨기지 못했다.

'스트라이크를 던질까? 아니야. 혹시 모르니까 하나 빼는 게 좋겠어.'

김성진의 바람대로 박명호는 바깥쪽으로 살짝 빠져나가는 포심 패스트볼을 요구했다.

슬라이더를 쫓아 나온 한정훈의 방망이가 이번에도 움직여 준다면 손도 안 대고 코를 풀 수 있을 것 같았다.

하지만 한정훈은 김성진의 4구를 그대로 흘려보내며 볼카운트를 투 스트라이크 투 볼로 만들었다.

그리고 5구째 몸 쪽으로 날아든 체인지업을 가볍게 걷어냈다.

따악!

크게 뻗어나간 타구가 1루 측 폴대 오른쪽으로 휘어져 나갔다.

"크으, 아깝다."

원정팀 더그아웃에서 경기를 지켜보던 최주찬이 자신도 모르게 탄식을 흘렸다.

"진짜 비디오 판독감인데."

강승혁도 아슬아슬했다며 혀를 내둘렀다.

"조용히 해. 그러다 감독님한테 또 찍힐라."

한 걸음 뒤에서 경기를 지켜보던 조석훈이 한마디 했다. 그러자 최주찬이 홱 하고 고개를 돌렸다.

"넌 뭐 하러 따라와서 잔소리야?"

"너 보러 온 거 아니다. 한뚱 보러 온 거야."

"친한 척 그만하고 저리 가, 인마. 남들이 들으면 대명 상고 후배인 줄 알겠다."

최주찬이 괜히 조석훈을 구박했다.

서린 고등학교 출신인 한정훈이 스톰즈에 들어온다니 조석훈이 괜히 샘을 내는 것이라 여겼다.

그러나 최주찬과 강승혁 이상으로 조석훈은 한정훈이 홈런을 때려주길 기대하고 있었다.

당초 스톰즈의 에이스가 될 거라는 기대와 달리 조석훈은 올 시즌 2선발로 밀린 상태였다.

에이스 자리는 작년에 2라운드 2순위로 입단한 장일준이 꿰찼다.

1년 차 투수지만 백종훈 감독의 모교인 경암 고등학교 출신 선수라 일찌감치 꽃길을 걷고 있었다.

뿐만 아니라 부성 대학교 출신 성민수와 김성진이 바로 뒤에서 조석훈의 자리를 노리고 있었다.

올 시즌 성적은 네 명 모두 비슷비슷했다.

평균 6이닝 정도를 소화할 체력과 3점대 중반의 평균 자책점.

내년 에이스 자리를 제비뽑기로 정해도 누구 하나 불만을 제기하기 어려운 상황이었다.

하지만 연줄을 감안하면 조석훈이 가장 불리했다.

장일준과 김성진, 성민수 모두 백종훈 감독과 학연으로 얽혀 있으니 엇비슷한 실력이면 우선순위에서 밀릴 가능성이 높았다.

'한뚱! 아니 정훈아! 제발 부탁이니까 하나만 쳐라.'

조석훈이 간절한 얼굴로 한정훈을 바라봤다.

그 순간.

따악!

한정훈의 방망이가 다시 한번 매섭게 돌아갔다.

"크으으!"

"또 파울이네."

최주찬과 강승혁이 동시에 아쉬움을 터뜨렸다.

한정훈이 좋아하는 몸 쪽 하이 패스트볼이었는데 히팅 포인트가 맞지 않았다.

"후우……."

조석훈도 뒤쪽에서 한숨을 내쉬었다. 치지 않았다면 볼이었을 공인데 한정훈이 지나치게 달려드는 것 같아 마음이 조마조마해졌다.

그러나 한정훈은 장타에 대한 욕심 때문에 방망이를 휘두른 게 아니었다.

'어차피 볼넷은 의미가 없어.'

갑작스럽게 불려오긴 했지만 한정훈은 이번 테스트의 의미를 명확하게 파악하고 있었다.

바로 장타력.

백종훈 감독은 한정훈의 힘이 프로에서는 통하지 않을 거라 여겼다. 반면 김명석 단장은 한정훈이 용병을 대체할 만한 파괴력을 갖췄다고 확신하고 있었다.

서로 대척점에 서 있는 백종훈 감독과 김명석 단장의 자존심 싸움을 끝내려면 한정훈도 확실한 결과를 보여줘야 했다.

'자, 와라.'

한정훈이 다시 방망이를 들어 올렸다. 그러자 김성진이 질근 입술을 깨물며 공을 내던졌다.

후앗!

김성진의 손끝을 빠져나온 공이 한복판을 지나 바깥쪽으로 날아들었다.

9미터 지점까지의 궤적은 포심 패스트볼과 유사했다. 하지만 공의 회전이 달랐다.

'슬라이더.'

포심 패스트볼을 노리고 타격을 시작했던 한정훈은 오른발에 힘을 주어 버티며 타이밍을 맞췄다. 그리고 바깥쪽으로 도망치려는 공을 향해 힘차게 팔을 뻗어냈다.

따악!

둔탁한 파열음과 함께 타구가 좌익수 쪽으로 치솟았다.

'잡았다.'

김성진은 습관처럼 검지를 하늘 높이 치켜들었다.

비록 수비수는 없지만 이런 먹힌 타구라면 외야수가 충분히 잡아줄 것 같았다.

하지만 매정한 타구는 김성진의 바람을 외면한 채 그대로 담장 밖으로 사라져 버렸다.

"넘어갔다!"

"그렇지!"

최주찬과 강승혁의 입에서 환호성이 터져 나왔다.

"됐다! 됐어!"

조석훈도 주먹을 움켜쥐며 어쩔 줄을 몰라 했다.

"정말…… 대단하네요."

김명석 단장도 혀를 내둘렀다. 한정훈에 대해 잘 안다고 자부해 왔지만 불리한 볼카운트를 이겨내고 기어코 홈런을 때려내는 모습을 보고 있자니 감탄이 절로 나왔다.

이번 타석에서 한정훈은 자신이 가진 재능을 확실히 보여주었다.

투 스트라이크를 선점당해도 흔들리지 않는 침착함.

유인구에 쉽게 속지 않는 선구 능력.

카운트에 따라 타격 존을 조절하는 유연함.

연달아 공을 걷어내며 투수를 몰아붙이는 집요함.

그리고 바깥쪽으로 흘러나가는 공을 퍼올려 담장 밖으로 넘기는 힘과 기술까지.

무엇하나 나무랄 데가 없는 타격이었다.

하지만 백종훈 감독은 한정훈의 실력을 쉽게 인정하려 들지 않았다.

"어쩌다 하나 얻어걸린 거야. 신경 쓰지 말고 몰아붙이라고. 알았지?"

백종훈 감독이 마운드에 올라 김성진을 독려했다.

재수 없게 홈런을 얻어맞긴 했지만 김성진이 작심하면 한정훈 따위는 얼마든지 잡아낼 수 있다고 여겼다.

"걱정 마세요, 감독님. 저 아직 안 죽었어요."

김성진도 보란 듯이 입가를 비틀어 올렸다. 다른 사람도 아니고 백종훈 감독 앞에서 약한 모습을 보이고 싶진 않았다.

그러나 결정구를 얻어맞은 상황에서 더 이상의 승부는 무의미하기만 했다.

따악!

따악!

따아악!

한정훈은 김성진의 공을 거침없이 몰아쳤다.

두 번째 타석에서는 한복판 낮게 들어오는 포심 패스트볼을 받아쳐 중견수 키를 훌쩍 넘길 만한 2루타를 때려내더니 세 번째 타석에서는 몸 쪽 체인지업을 잡아당겨 우중간 담장을 넘겨 버렸다.

네 번째 타석과 다섯 번째 타석에서는 평범한 플라이로 물러났지만 여섯 번째 타석에서 전광판을 직격하는 초대형 홈런포를 쏘아 올리며 김성진을 무너뜨렸다.

"저 자식 뭐야? 뭔데 좌투수의 공을 받쳐 놓고 치는 거야?"

"아무래도 성진이가 베스트 컨디션은 아닌 것 같습니다."

"젠장할. 성진이 내리고 민수 올려."

김성진이 일곱 번째 타석에서도 우익선상에 떨어지는 큼지막한 장타를 얻어맞자 백종훈 감독도 더는 참지 못하고 투수 교체를 단행했다.

"성민수."

"넵."

"성진이 얻어터지는 거 봤지?"

"넵, 봤습니다."

"너까지 실망시키지 마라."

"걱정 마십시오, 감독님. 기필코 저 녀석의 코를 납작하게 만들어주겠습니다."

김성진의 바통을 이어받은 성민수는 자신만의 좌타자 공략

법으로 한정훈을 상대했다.

몸 쪽 공은 철저히 보여주고 바깥쪽 코스로 승부를 걸어 첫 타석과 두 번째 타석에서 한정훈의 범타를 이끌어 냈다.

"역시, 성민수는 까다롭네요."

고명회의 입가로 쓴웃음이 번졌다.

그러자 김명석 단장이 이해할 수 없다는 표정을 지었다.

"이상하네요. 한정훈 선수가 감당 못 할 상대는 아닌 거 같은데……."

"그게…… 고교 야구에서는 저런 스타일의 투수가 드물거든요."

성민수는 구속보다 구위로 타자들을 상대하는 투수였다.

포심 패스트볼은 평균 140km/h 수준에 불과했지만 130km/h 초반의 슬라이더와 스플리터 그리고 우타자의 몸 쪽으로 흘러 들어가는 변형 패스트볼까지 구사하며 타자들의 타이밍을 빼앗았다.

게다가 성민수는 제구가 좋았다.

소위 말하는 스트라이크존에 공을 넣고 빼는 게 가능할 정도였다.

하지만 한정훈도 당하고만 있지 않았다.

따악!

세 번째 타석에서 내야를 넘기는 첫 번째 안타를 만들어낸 뒤 네 번째 타석에서 좌중간을 꿰뚫는 장타를 신고했다.

"대단하다 진짜."

"아무튼 괴물 같은 놈이라니까. 생전 처음 보는 투수의 공을 어떻게 네 타석 만에 저렇게 때려낼 수 있지?"

조마조마한 얼굴로 타석을 지켜보던 강승혁과 최주찬이 연이어 감탄을 터뜨렸다.

"계속 바깥쪽으로만 비슷비슷한 공이 들어오니까 눈에 익은 거지. 뭘 그 정도로 호들갑이야?"

눈꼴이 시린 듯 조석훈이 퉁명스럽게 주절거렸다.

그러면서도 속으로는 한정훈이 김성진에 이어 성민수도 무너뜨려 주길 바랐다.

'한뚱, 이 자식아. 그만 간 보고 하나 쳐라.'

조석훈의 간절한 기도와는 달리 성민수는 마지막 열 번째 타석까지 홈런을 허용하지 않았다.

펜스를 직격하는 장타를 세 개 더 얻어맞으면서도 끝내 자존심만은 지켜냈다.

한정훈도 구종에 이어 구속까지 변화시켜 가며 집요하게 바깥쪽을 노리는 성민수의 피칭에 고개를 끄덕였다.

'확실히 무브먼트가 좋네. 커브까지 던졌으면 고전했겠어.'

10타석의 승부 결과는 단타 2개, 장타 5개.

굳이 타율로 환산하면 7할이니 성민수를 압도했다고 해도 과언이 아니었다.

그러나 한정훈은 성민수를 이겼다고 생각하지 않았다.

10타석을 연달아 타석에 들어섰으니 낯선 투수를 상대한다는 약점은 충분히 상쇄하고도 남았다.

게다가 성민수는 빠른 공 위주로만 승부를 걸어왔다. 덕분에 한정훈도 타이밍을 맞추기가 한결 수월했다.

"성민수 선수, 역시 좋은 투수네요."

"솔직히 백종훈 감독이 데려왔다고 해서 큰 기대는 없었는데…… 생각 이상입니다."

고명희와 김명석 단장도 성민수의 피칭을 높이 샀다.

하지만 정작 백종훈 감독은 도망치다 얻어맞기만 했다며 폭언을 퍼부었다.

"이런 버러지 같은 자식아! 네가 투수야? 네가 그러고도 투수냐고!"

백종훈 감독이 지나치게 흥분을 한 탓에 한정훈의 테스트는 생각보다 일찍 마무리가 됐다.

그러나 고명희와 김명석 단장은 이 정도로 백종훈 감독의 고집이 꺾일 거라 생각하지 않았다.

"일단 스프링 캠프 때까진 가 봐야겠죠?"

"분명 용병 투수들을 마운드에 올려놓고 다시 한번 테스트할 겁니다."

"그다음은 시범 경기일 테고요."

"개막 후 한 달까진 고비겠죠."

초장에 한정훈의 기를 꺾겠다는 백종훈 감독의 계획은 수포로 돌아갔지만 프로에서 자리를 잡기까진 넘어야 할 산이 많았다.

하지만 고명희와 김명석 단장은 크게 걱정하지 않았다.

"한정훈 선수라면 잘 해주겠죠?"

"잘할 겁니다. 워낙에 열심인 선수니까요."

"요즘도 밤마다 야구 연습장 다니나요?"

"사장님이 한정훈 선수를 위해 따로 160㎞짜리 피칭 머신을 들여놓아서요. 그거 때리는 재미에 푹 빠져 있습니다."

"이러다 스크린 야구장 광고 들어오는 거 아닌가 모르겠네요."

"그렇지 않아도 사장님께서 본사하고 다리를 놓는다고 하긴 하던데……"

"이거 정한에서도 스크린 야구 사업을 해야지 안 되겠네요."

"그것보다 자동차는 언제쯤 받을 수 있을까요?"

"그건 좀 생각을 해봐야겠습니다. 아직 보너스가 안 나와서요."

"염치없지만 빨리 좀 부탁드립니다. 하하. 저도 제 차에 한정훈 선수 태우는 게 겁이 나서요."

"일단은 최대한 안전 운전해 주십시오. 조금 멀다 싶은 거리는 꼭 택시 타시고요."

"그래도 다음 달까진 어떻게 되겠죠?"

고명희가 비굴하게 웃었다.

"후우……. 긍정적으로 검토하죠."

김명석 단장이 못 말리겠다며 고개를 흔들었다.

2

2019년 대통령배는 서린 고등학교의 우승으로 끝이 났다.

대회 MVP는 이번에도 한정훈의 차지였다.

홀로 도루를 제외한 모든 타격 타이틀을 독식하며 서린 고등학교의 3연패를 이끌었으니 감히 그 누구도 이견을 제시하지 못했다.

대통령배가 끝나고 이틀 뒤.

케이탑 호텔에서 2020년 신인 드래프트(2차 지명)가 열렸다.

스톰즈는 전 포지션에 걸쳐 두루 선수를 수급하며 프로 리그에 대비했다.

전문가들도 특별히 두드러진 전력 보강은 없었지만 퓨처스 리그에서 보여준 성장세를 감안했을 때 만만찮은 경기력을 보여줄 거라 전망했다.

몇몇 언론은 수준급 용병 수급 여부에 따라 다이노스처럼 신생팀 돌풍을 일으킬지도 모른다고 기대했다.

"용병만 잘 뽑아줘요. 나머지는 내가 알아서 할 테니까."

백종훈 감독도 괜히 언론에 편승해 목소리를 높였다.

그러면서 은근슬쩍 레이 라미레스를 데려오자고 말했다.

"레이 라미레스요?"

"지금 일본 독립 리그에 있는데 연봉이 5천만 원밖에 안 한답디다."

"제가 알기로 레이 라미레스는 72년생으로 알고 있는데요."

"야구에 나이가 무슨 상관입니까? 실력만 있으면 그만이지."

"아무리 그래도 레이 라미레스는……."

"그러니까 보험용으로 데려오자 이겁니다. 솔직히 한정훈이 잘할지, 못 할지 누가 압니까? 안 그래요?"

"백 감독님, 지난번에도 말씀드렸습니다만……."

"김 단장, 우리 복잡하게 생각하지 맙시다. 일단 뽑아놓고 마음에 안 들면 2군으로 내려보내면 되는 거 아닙니까. 안 그래요?"

백종훈 감독은 보험이라는 말을 끊임없이 강조했다.

하지만 김명석 단장은 백종훈 감독의 꿍꿍이를 놓치지 않았다.

'한정훈을 한물간 메이저리거보다 못 하는 선수로 만들고

싶은 모양인데 그렇게는 안 될 겁니다.'

김명석 단장은 스카우터들을 총동원해 쓸 만한 용병 찾기에 주력했다. 그러면서 FA 시장에도 눈을 돌렸다.

"일단 제일 급한 포지션이 어디지?"

"프로리그 수준으로 놓고 보면 급하지 않은 포지션이 없습니다. 강승혁이나 최주찬, 한정훈도 당장은 평균 이상이라고 보기 어려울 테니까요."

"그래서? 백 감독 말처럼 정말로 타자를 둘 이상 데려오자고?"

"일단 외야는 자원이 많습니다. 올해 계약한 정수인도 있으니까 굳이 용병을 집어넣을 필요는 없을 것 같습니다. 그렇다면 내야인데 2루와 3루가 구멍입니다."

"3루는 안시원이 있잖아?"

"수비는 제법 잘하지만 장타력이 리그 평균 수준에 못 미칩니다. 서린 고등학교 시절에도 홈런이 많지는 않았으니까요."

지난해 스톰즈는 고교 최고의 3루수로 평가받는 안시원을 2차 2라운드에 지명했다.

본래 스타즈가 낚아챌 거란 예상이 많았지만 스타즈를 비롯한 다른 구단들이 투수 나눠먹기에 들어가면서 스톰즈에게 다시 기회가 왔다.

스톰즈는 팀의 3루를 책임질 적임자를 영입할 수 있어 기쁘다며 안시원에게 1억 8천만 원이라는 거액의 계약금을 안겨주었다.

안시원도 스톰즈의 레전드 3루수가 되겠다며 당찬 포부를 밝혔다.

하지만 현시점에서 안시원이 실력으로 3루 포지션을 끝까지 사수할 가능성은 희박해 보였다.

"웨이트 열심히 한다고 하지 않았었나?"

"트레이너 말로는 살이 잘 안 붙는 체질이라고 합니다."

"그럼 안시원을 백업으로 돌리자고?"

"백업으로 쓰기에는 수비력이 아깝죠. 장타가 없을 뿐이지 타율도 2할대 후반까지는 나오고요."

"안시원을 2루로 돌리는 건 어때?"

"본인은 3루에 애착이 크지만 3루수를 영입하고 안시원에게 2루를 맡기는 게 지금으로써는 베스트입니다. 문제는 백 감독이죠."

"백 감독이 왜?"

"지금 2루수가 백 감독이 데려온 고영진이거든요"

백종훈 감독 선임 이후 스톰즈는 세 번의 트라이아웃을 열었다.

그리고 그 과정에서 백종훈 감독과 가까운 선수 다수가 스톰즈의 유니폼을 입게 됐다.

"지금 주전 중에 백 감독과 관련된 선수가 몇 명이나 돼?"

"붙박이 주전은 고영진과 좌익수 최승일 정도입니다. 하지만 경기 출장 비율로 보자면 일곱 명쯤 될 겁니다."

"투수 파트는 뺀 거지?"

"투수 쪽은 백 감독과 관련이 없는 선수를 찾는 게 더 빠릅니다."

"골치 아프군. 그럼 그 일곱 명 중에 정말로 쓸 만한 선수는 몇 명이나 되는 거 같아?"

"글쎄요. 일단 성적만 놓고 보자면 다들 고만고만합니다. 특별히 잘하는 선수는 없지만 심각하다 싶은 선수도 없습니다."

"전부 다 평균은 한다 이거야?"

"그게…… 좀 미묘합니다. 백 감독 쪽 선수들은 어느 정도 케어를 받는 반면 다른 포지션 경쟁자들은 경기력을 유지하는 데 애를 먹고 있어서요."

"그러니까 하향평준화가 됐다, 이거지?"

"그런데 또 점수는 잘 뽑아냅니다."

"나도 들었어. 그래서 우릴 도깨비 팀이라고 한다며?"

"네, 그런 거 보면 백 감독이 아예 감이 없진 않은 거 같습니다."

"그렇게 형편없는 감독이었으면 내가 나서서 계약도 안 했겠지."

김명석 단장이 쓴웃음을 지었다.

과거 백종훈 감독을 두고 고심했을 때도 지도력은 큰 문제가 되지 않았다.

오히려 김명석 단장은 나이가 신경 쓰였다.

육십을 넘은 나이에 스트레스를 받고 중간에 감독을 그만두면 어쩌나 걱정이 들었다.

하지만 정작 백종훈 감독은 지나치게 건강했다. 그리고 건강한 만큼 욕심도 많았다.

"일단 타자는 3루 쪽으로 알아봐. 가능하면 우타자로."

"알겠습니다."

"아시아 야구를 경험한 선수면 더 좋고."

"국내 구단과 계약했다가 재계약이 불발된 선수도 상관없다는 말씀이시죠?"

"인성이나 실력 문제면 곤란하겠지. 하지만 포지션이나 금전적인 부분 때문에 계약이 결렬된 경우라면 우선적으로 검토해 보자고."

"우타 3루수에 아시아 야구 경험. 알겠습니다. 그럼 투수는 어떻게 할까요?"

"안 팀장 생각은 어때?"

김명석 단장이 안성민 팀장의 의견을 물었다.

김명석 단장보다 한 살 어린 안성민 팀장은 3년 정도 파드리스에서 극동아시아 담당 스카우트로 활동했다.

김명석 단장과 함께 스톰즈로 넘어오면서 운영팀으로 자리를 옮기긴 했지만 스카우트로서의 안목은 아직 남아 있었다.

안성민 팀장도 운영팀장답게 김명석 단장의 질문을 허투루 받지 않았다.

"그전에 내년 시즌 선발진을 어떻게 끌고 가실 생각이신데요?"

"5선발이냐 6선발이냐 이거지?"

"12구단에 양대 리그 체제로 바뀐다고 하지만 경기 수가 확 늘어나는 건 아니니까 저는 5선발로도 충분하다고 생각합니다. 다만 체력적인 부분을 고려한다면 선발진이 성장할 때까지 6선발로 돌려도 나쁘지 않을 것 같습니다."

작년까지 프로야구 페넌트레이스는 144경기로 치러졌다.

단일 리그제로 팀마다 16번씩 맞붙는 시스템이었다.

하지만 스톰즈와 스타즈가 합류하면서 프로야구는 2000년 이후 20년 만에 다시 양대 리그로 전환됐다.

성남에 자리를 튼 스톰즈는 트윈스, 히어로즈, 이글스, 타이거즈, 다이노스와 함께 나눔 리그에 편성됐다.

12번째 구단 스타즈는 베어스, 위즈, 자이언츠, 라이온즈, 와이번즈가 속한 드림 리그로 들어가게 됐다.

덩달아 총경기 수도 8경기 늘어났다. 동 리그 팀과 16차전,

타 리그 팀과 12차전이 확정됨에 따라 총 152경기를 치러야 했다.

"지금보다 50경기 이상 더 치러야 하나?"

"정확하게는 38경기가 늘었습니다. 그리고 그만큼 일정이 늘어났죠."

퓨처스 리그는 4월에 시작해 8월이면 끝이 났다.

중간중간에 휴식일도 많았다. 반면 프로 리그는 9월 중순까지 이어졌다.

휴식일이라고는 월요일 하루뿐이며 그마저도 우천순연 경기가 잡히면 꼼짝없이 경기를 치러야 했다.

"일정은 나왔어?"

"일단 1차 조정안은 나왔습니다. 휴식일을 줄이는 쪽에서 일주일 정도 개막전을 앞당기는 쪽으로 가는 모양입니다."

안성민 팀장이 협회에서 넘어온 일정표를 내밀었다.

3월 말부터 시작되는 일정은 정확하게 9월 초에 끝이 났다.

하지만 우천순연 경기를 감안하면 협회의 구상대로 9월 안에 포스트 시즌에 들어가기가 쉽지 않을 것 같았다.

"6선발로 가자고. 벌써부터 선수들 고생시킬 필요는 없으니까."

"알겠습니다. 그럼 국내 선발이 세 명 필요하니까 조석훈과 장일준, 성민수에서 끊으면 되겠네요."

"스프링 캠프에서 다들 살아남아 준다면 그게 최선이겠지."

"부상당하지 않는 한 장일준은 확정일 겁니다. 조석훈도 올 시즌 잘 해주고 있으니 선발이 유력하고요. 남은 한 자리를 두고 성민수와 김성진이 다투겠지만 성민수가 올라올 가능성이 높습니다. 김성진은 좌완 불펜으로도 쓰임새가 있으니까요."

"그렇다면 우완 둘에 좌완 하나란 말인데. 그럼 좌완 투수를 더 뽑아야 하나?"

"좌완과 우완의 수를 맞추는 게 이상적으로 보이겠지만 실제 국내에서 공 좀 던졌다 하는 외국인 투수들은 대부분 우완이었습니다."

"그래도 좌완이 한 명 정도는 있는 게 좋을 것 같은데."

"일단 쓸 만한 좌완 투수를 찾아보긴 하겠지만 큰 기대는 안 하시는 게 좋을 것 같습니다."

"그래, 그건 스카우트 팀하고 잘 이야기해 보고. FA 시장은 어때?"

"다들 선수들 안 빼앗기려고 혈안이 되어 있습니다. 시장에 나와 봐야 애물단지일 가능성이 크고요."

"당장 우리 전력에 도움이 될 만한 선수는 없다?"

"욕심나는 선수는 많지만 영입이 가능할 것 같은 선수는 아직까지 보이지 않습니다."

"오케이, 그 부분도 꾸준히 체크해서 변동 사항 있으면 알려 줘."

"참, 단장님. 미스터 고에게서 연락이 왔습니다."

"고 대표가?"

"네, 한정훈 선수가 부득이하게 전국체전에 나가야 할 것 같다고 양해를 구했습니다."

"뭐? 전국체전?"

대통령배가 끝나고 2차 드래프트가 마무리되면서 한정훈의 고교 야구도 끝이 났다.

협회장기와 전국체전이 남아 있지만 고등학교 3학년 선수의 경우 드래프트 이후의 대회는 참가하지 않는 게 관례였다.

"이번에는 참가하지 않기로 한 거 아니었어?"

"저도 그렇게 알고 있었는데 미스터 고가 통 사정을 하네요. 서울시 쪽에서 매달린 모양입니다."

"서울시에서?"

"한정훈 덕분에 서린 고등학교가 고등부 2연패를 달성했으니까요. 내심 3연패를 욕심내는 거겠죠."

"백 감독이 들으면 또 난리를 치겠군."

"그보다 송태민이가 더 문제입니다."

"송태민이는 또 왜?"

"송태민 아버지가 계약금 6억 달랍니다."

"뭐? 6억?"

"6억 아니면 메이저리그 가겠다는데…… 진짜 말이 안 통합니다."

안성민 팀장이 길게 한숨을 내쉬었다.

올해 2차 1라운드에 지명된 송태민은 한성 대학교의 좌완 에이스였다.

체격에 비해 구속은 빠르지 않지만 제구가 좋아서 하위 선발감으로는 충분하다는 평가를 받고 있었다.

스톰즈도 용병 티오가 줄어드는 내후년을 대비해 송태민을 선발 투수로 키울 생각을 하고 있었다.

제자들을 끼고도는 백종훈 감독 체제에서는 선발 자리를 차지하기 어렵겠지만 1년간 불펜에서 경험을 쌓은 뒤 내후년 새 감독이 온다면 선발 경쟁이 가능할 거라 예상하고 있었다.

"우리가 얼마를 제안했지?"

"1억 5천만 원입니다."

"좀 적게 불렀나?"

"한정훈 때문에 감이 덜 오시는 것 같은데 결코 적지 않은 금액입니다. 그리고 올 시즌 한성대 성적도 썩 좋지 않았고요."

"경의대 조성진이 재작년에 얼마를 받았지?"

"트윈스에서 4억 받았습니다."

"그러니까 최정환급이라던 조성진도 4억을 받았는데 송태민이가 6억을 부른다 이거야?"

"네, 그래서 말이 안 통한다고 말씀드린 겁니다. 적당해야 받아주기라도 할 텐데 이건 막무가내라서요."

역대 대졸 신인 최고 계약금은 임선돈의 7억이었다.

그다음은 조영준의 5억 4천만 원. 송태민의 요구대로 계약금을 올려줄 경우 역대 2위 기록이 바뀌게 된다.

문제는 송태민에게 임선돈이나 조영준만큼의 활약을 기대하기 어렵다는 것이다.

풍운아 임선돈은 2008년에 18승을 거두며 유니콘스 왕조 건설에 이바지했다.

대학교에 진학해 2002년에 유니콘스 유니폼을 입은 조영준도 데뷔 첫해 28세이브를 거두며 신인왕을 수상했다.

짧게나마 한 시대를 풍미했던 임선돈과 조영준을 기준으로 놓고 봤을 때 송태민의 재능은 평범해 질 수밖에 없었다.

제아무리 대학 리그 투수 빅3로 불린다 한들 송태민에게 한 시즌 18승이나 1점대 평균 자책점과 28세이브를 기대하는 건 무리였다.

"그래서? 운영팀 입장은 뭔데?"

"5억은 무리지만 2억 정도에서 조율을 해볼 생각입니다."

"송태민에게 2억의 가치는 있고?"

"1억 5천도 후하게 쳐준 거지만 결국 자존심 문제니까요."

"제안을 한 거야?"

"아뇨. 아직 하진 않았습니다."

"그럼 하지 마."

"······네?"

"가라고 해, 메이저리그. 안 말릴 테니까."

김명석 단장이 냉정하게 말했다.

솔직히 송태민은 2차 1라운드 지명감이 아니었다. 스톰즈와 스타즈가 3명을 우선 선발하지 않았다면 2라운드나 3라운드에나 호명될 실력이었다.

"진심······ 이십니까?"

"한정훈 때문에 다들 들떴나 본데, 정신 차리라고 해."

"송태민 1라운드 지명 최종 결정하신 건 단장님이신데요."

"백 감독이 대졸 좌완 투수 노래를 불러서 뽑은 거지 정말 예뻐서 뽑은 거 아니야."

"그렇다면 알겠습니다. 저도 맘 편히 지르겠습니다."

"그래, 질러. 계약 안 해도 좋으니까 확실히 하라고."

"넵."

"그런데 송태민뿐이야?"

"솔직히 다들 불만스러워하긴 합니다. 한정훈이 워낙 많이 받으니까요."

"30억 발표 나면 데모라도 하겠는데."

"정말 그럴지도 모릅니다. 그래서 운영팀도 조심스러워 하고 있고요."

"안 팀장 생각은 어때? 한정훈한테 내가 너무 많이 줬다고 생각해?"

김명석 단장이 시선을 돌려 안성민 팀장을 바라봤다.

"그렇게 대놓고 물어보시면 제가 드릴 말씀이……."

"나 진지하니까 편하게 말해봐. 어차피 난 삐쳐도 오래 안 가잖아."

"단장님께서 안 삐치실 거라 믿고 말씀드리자면…… 처음에는 미치신 줄 알았습니다."

"그 정도였어?"

"30억입니다, 30억. 뉘 집 개 이름도 아니고 프로야구 신인 최고 계약금이 3억도 아니고 3배로 뛰었다고요. 이것 때문에 홍보부도 난리 난 거 모르십니까?"

"후우……. 그래서 결론은 내가 오버했다?"

"사람 말 좀 끝까지 들어보십시오. 솔직히 저도 15억으로는 어림없다는 생각은 했죠. 3학년 때 반짝 잘한 것도 아니고 3년 내내 꾸준히, 그것도 엄청나게 잘했으니까요. 역대급 신인이라는 평가가 쏟아지니까 내심 20억까진 각오했습니다. 그런데 30억 말씀하시니까 거부감부터 들더라고요. 한정훈이 잘하는 건 전 국민이 다 안다지만…… 진짜 소설이나 영화에서나 나올 법한 금액이잖아요."

"서론이 너무 길다."

"어쨌든 그랬었는데 얼마 전에 한정훈 선수 다녀갔잖습니까."

"테스트?"

"네, 그때 생각이 달라졌습니다. 김성진과 성민수를 상대로 장타를 뻥뻥 쳐대는데…… 세상에 저런 괴물이 있나 싶더라니까요."

안성민 팀장이 한참 만에 감탄을 터뜨렸다.

"김성진과 성민수가 뭐 얼마나 대단하다고 호들갑이야?"

꿈틀거리는 입가를 억누르며 김민석 단장은 괜히 딴죽을 걸었다.

프로 구단 에이스급 투수들을 상대한 것도 아니니 굳이 과대평가할 필요는 없다고 여겼다.

하지만 스카우트 출신 안성민 팀장의 생각은 달랐다.

"그래도 퓨처스 리그에서는 좀 먹어줬죠. 백 감독도 연봉 1억씩은 받아도 된다고 떠들어댔고요."

"그랬어?"

"그런데 그 둘의 공을 받쳐 놓고 치는 걸 보고 있으니 알겠더라고요."

"레벨이 다르다는 거?"

"네, 그리고 한편으론 안심이 들었습니다. 이 정도 적응력이라면 프로에 가서도 삽질은 하지 않겠구나. 못 해도 사장님께서 입버릇처럼 말씀하시던 나승범 루키 시즌 정도는 해주겠구나."

"나승범이 루키 시즌에 잘했나?"

"타율은 형편없었습니다. 2할 4푼인가 5푼인가 그랬죠. 홈런도 15개 정도였고요."

"그 정도면 기대치가 너무 낮은 거 아냐?"

"그래서 말씀드렸잖습니까. 못 해도라고요. 게다가 나승범은 퓨처스 리그를 1년 거치고 올라왔으니 생짜 신인이라고 보기도 어렵고요."

"그래도 좀 짠데."

"기왕 말 나온 김에 솔직히 말씀드리자면 나승범 2년 차 때 성적 정도는 나오지 않을까 기대 중입니다."

프로 1년 차 때 평범한 성적을 거뒀던 나승범은 2년 차에 접어들며 만개했다. 30개 홈런과 101타점.

그리고 3할이 넘는 정확도까지. 다이노스의 프랜차이즈 스타로서 확실히 자리매김했다.

"그 말은 이제 30억을 받을 만하다는 거네?"

"적어도 손해 보는 장사 같진 않습니다. 대신 시즌 초에 빨리 터져줬으면 좋겠어요. 그래야 저희도 편하니까요."

"지난번에 말했던 타이거즈 최현우처럼 말이지?"

"네, 최현우도 첫 100억 뚫고 욕을 바가지로 먹었지만. FA 첫해 초반부터 날아다니니까 이제 아무도 돈이 아깝다는 소리 안 하잖아요?"

"걱정하지 마. 한정훈도 밥값 이상을 할 테니까."

김명석 단장이 피식 웃었다.

한정훈의 몸에 이상이 생기지 않는 이상 한정훈이 먹튀로 전락할 일은 없을 거라 여겼다.

하지만 전국체전 결승전 직후 고명희에게 한 통의 전화가 걸려오면서 김명석 단장의 표정이 변했다.

"부상이요?"

-심각한 건 아닙니다. 수비 도중에 상대 팀 선수에게 발을 밟혔는데 조금 불편한 모양입니다.

"의사는 뭐랍니까."

-MRI 찍었는데 심각한 손상은 발견되지 않았다고 며칠 상태를 지켜보자고 합니다.

"마무리 훈련은 참가할 수 있는 겁니까?"

-실은 그것 때문에 연락드렸습니다. 아무래도 마무리 훈련은 좀 힘들 것 같습니다.

"후우……."

스톰즈의 마무리 훈련은 10월 초로 예정되어 있었다. 그리고 마무리 훈련에는 선 순위로 지명된 신인들이 합류하는 게 관례였다.

당연하게도 아직 발표되지 않은 스톰즈의 마무리 훈련 명단에는 한정훈의 이름도 포함되어 있었다.

"마무리 훈련까지 열흘 정도 남았습니다. 그래도 어렵습니까?"

-일단 사나흘 정도 상태를 지켜보자고 하는데 확실히는 모르겠습니다.

"정말 별일 없는 겁니까? 다른 부상이 있는 거 아니고요?"

-그게…… 요새 한정훈 선수가 1루 수비 훈련을 좀 혹독하게 받았습니다.

"수비 훈련이요? 설마 김운태 감독에게 받은 겁니까?"

-김운태 감독이 펑고의 대가잖습니까. 한정훈 선수도 내년에 대비해 수비력을 키워야 한다고 생각했던 모양입니다.

"그러니까 한정훈 선수가 수비 훈련으로 체력이 떨어진 상태에서 부상을 당한 거라 무리시키고 싶지 않다는 말입니까?"

-그렇게까지 정곡을 찌르시면 할 말이 없지만 일이 그렇게 되어버렸습니다. 죄송합니다. 그래도 너무 못마땅해하지 않으셨으면 좋겠습니다. 한정훈 선수도 팀에 도움이 되고 싶은 마음에 특별 훈련을 자처했던 거라서요.

"후우……."

김명석 단장이 다시 한숨을 내쉬었다. 30억이라는 역대 최고의 계약금을 받는 선수가 몸을 사리기는커녕 몰래 특훈을 받고 부상까지 입었다는 사실을 어떻게 받아들여야 할지 당혹스럽기만 했다.

그러자 고명희도 어쩔 수 없다는 듯 입을 열었다.

-단장님, 이건 말하지 않으려 했는데 혹시라도 한정훈 선수에 대해서 오해하실까 봐 마저 털어놓겠습니다. 야구 월드컵 시작할 때쯤 기사 하나가 났습니다. 백 감독 인터뷰였는데 백 감독께서 선수기용의 제1원칙은 기본기와 실력이라고 하셨습니다. 아울러 수비 못 하는 반쪽짜리 선수는 질색이라고 하셨고요.

"아, 그 기사 저도 봤습니다. 그건 한정훈 선수를 겨냥했던 게 아닙니다."

-네, 저도 압니다. 과도하게 출전 기회를 보장받고 있는 몇몇 선수를 두둔하기 위한 변명이자 연초에 있었던 강승혁 길들이기에 대한 해명이라는 거. 하지만 그게 백 감독의 야구 철학이라면 한정훈 선수도 예외가 될 수는 없으니까요.

한정훈의 타격 능력은 그 누구도 의문을 갖지 않았다.

하지만 수비적인 부분에 대해서는 의견이 엇갈렸다.

물론 다수의 전문가들은 한정훈의 수비력은 리그 평균이라고 말했다.

특별히 잘하는 건 아니지만 다른 고교 야구 1루수에 비해 부족한 점도 없다고 평가했다.

그러나 타격 능력에 가려졌을 뿐 수비 능력은 실망스럽다고 평가하는 전문가들도 적지 않았다.

심지어 모 1루 출신 해설가는 파울 타구 처리나 베이스 라인을 타고 흐르는 타구에 대한 반응은 초등학생 수준이라고 혹평을 쏟아내기도 했다.

"그런 일이 있었다면 진즉 알려주셨어야죠."

-저도 최근에야 최주찬 선수에게 들었습니다. 한정훈 선수가 그런 말을 잘 안 해서요.

"어쨌든 내년 스톰즈의 1루수는 한정훈 선수입니다. 이미 구단에서 결정을 내린 거 아시지 않습니까."

-알죠. 저는 잘 아는데 한정훈 선수는 미안했던 모양입니다.

"미안해요? 누구한테요?"

-강승혁 선수가 우익수가 가능하다곤 하지만 본래 1루수였잖습니까. 올해도 절반 정도는 1루에서 뛰었고요.

"그래서 강승혁 선수 수준만큼 수비 능력을 향상시키고 싶었다는 겁니까?"

-한정훈 선수가 직접 이야기한 건 아니지만 제 생각은 그렇습니다. 그리고 지금의 강승혁을 만든 게 바로 김운태 감독이고요.

"하아……"

김명석 단장의 입에서 세 번째 한숨이 터져 나왔다.

하지만 이번 한숨은 앞선 두 번과는 의미가 달랐다.

프로야구 현장 지도자들은 하나같이 기본기의 중요성을 강조했다.

기본기가 없는 선수는 프로에서 살아남을 수 없다고 단언했다. 그리고 그 기본기가 가장 잘 드러나는 게 다름 아닌 수비였다.

단순히 수비 능력만 놓고 봤을 때 한정훈은 아직 프로 레벨의 선수가 아닐지도 몰랐다.

하지만 한정훈에게는 역대급이라 불리는, 그 어떠한 단점을 상쇄하고도 남을 만한 타격 재능이 있었다.

그런데도 한정훈은 독하기로 소문난 김운태 감독의 지옥 훈련을 자처했다.

고작 반쪽짜리 선수가 되고 싶지 않은 욕심 때문에 말이다.

"솔직히 미련하다고 해야 할지 프라이드가 높다고 인정해야 할지 모르겠습니다."

-가능하면 좋게 봐주십시오. 물론 제 눈에도 미련한 짓 같지만요.

"수비 능력은 천천히 향상시켜도 됩니다. 설사 수비에서 실책을 저지른다 해도 공격적으로 얼마든지 만회할 수 있지 않겠습니까."

-알죠. 저는 아는데 아무래도 한정훈 선수는 당사자니까요. 30억이나 받고 스톰즈에 들어갔는데 수비 못 한다는 소리는 듣고 싶지 않았던 모양입니다.

"일단 무슨 이야기인지는 알겠습니다. 기왕 이렇게 된 거 잘 수습해야겠네요."

-마무리 훈련 참가해야 좋은 그림이 나올 텐데 면목 없습니다.

"아닙니다. 그래도 놀다 다친 게 아닌 게 어딥니까."

-참, 한정훈 선수 사생활 쪽은 걱정하지 마십시오. 제가 다양한 채널을 통해 주기적으로 체크 중인데 괜한 짓을 하는 기분이거든요.

"알고 있습니다. 노는 거 좋아하는 선수였다면 이 정도로 야구를 잘하진 못하겠죠."

-단장님 말씀 듣고 보니 제가 정말 괜한 짓을 했나 봅니다.

"그래도 잘 케어해 주세요. 이제 곧 계약 사실 발표되고 나면 한정훈 선수 노리고 달려드는 사람들 많을 테니까요."

김명석 단장의 예상은 정확하게 맞아 떨어졌다.

이틀 후 스톰즈의 신인 계약 사실이 알려지자 신지연의 핸드폰은 불이 났다.

평소 잘 연락하지도 않던 친척들부터 시작해 초등학교 동창들, 보험을 들거나 상담했던 고객들에 이르기까지 쉴 새 없이 전화가 걸려왔다.

하지만 현직 보험 설계사답게 신지연은 당황하지 않았다. 거를 전화는 거르고 받을 전화는 받았다. 그중 신세를 진 이들에게는 적당한 방법으로 은혜를 갚으려 했다.

"네, 알죠. 최 사장님께서 그때 보험을 세 개나 들어주셔서 제가 보험왕이 됐는걸요. 네. 그렇지 않아도 가구 바꿀 때가 됐는데 잘됐네요. 근래에 한번 찾아뵐게요. 네, 아들이 고생해서 번 돈이라 비싼 건 어렵겠지만 적당한 거 있으면 보여주세요. 네네. 그럼 들어가세요."

고명희는 신지연에게 일을 그만두고 전화번호를 바꾸라고 조언했다.

한동안 욕은 먹더라도 그 방법이 가장 깔끔하다고 덧붙였다.

하지만 신지연은 고개를 저었다.

일이야 곧 그만두더라도 고객 관리만큼은 끝까지 최선을 다하고 싶었다.

필요할 땐 틈만 나면 전화를 넣어놓고 이제 와서 나 몰라라 하는 건 도리가 아니라고 생각했다.

역대 최고의 계약금을 받고 프로에 입단한 한정훈을 위해서라도 그래야 할 것 같았다.

"그래, 최 사장님은 지금껏 해지 한 번 안 하고 잘 들어주셨는데 이렇게라도 답례를 해야지. 소파가 낡았으니까 소파 하나만 사자. 그 정도까지는 퇴직금으로 될 거야."

신지연은 최 사장이라는 이름 옆에 소파를 적어 넣었다. 그리고 200이라는 숫자도 함께 기입했다.

"그건 그렇고 애들은 잘하고 있으려나 모르겠네."

신지연은 딸들과 함께 쓰는 단체 채팅방을 들어다봤다.

한 성격 하는 한세희는 모르겠지만 착해빠진 한세아와 한세연은 자신 못지않게 시달리고 있을 것 같았다.

그러나 다행히도 한세아와 한세연은 신지연처럼 현명하게 대처하고 있었다.

가끔 터무니없는 요구가 들어오긴 했지만 자신의 선에서 차단했다.

"천만 원만 빌려 달라고? 그거 내 돈 아니고 정훈이 돈이야. 그리고 그거 에이전트가 따로 관리해서 함부로 쓸 수도 없어."

"결혼은 축하하는 데 대학생인 내 처지에 4백만 원짜리 냉장고를 사주긴 어렵겠다. 미안해. 나 취직하고 자리 잡을 때쯤 시집갔으면 뭐라도 해줬을 텐데. 아쉽다, 애."

반면 오빠 덕분에 졸지에 인기녀가 된 한세희는 자신도 모르게 무리수를 두었다.

"방탄보이즈 오빠들 사인?"

"그래, 너희 오빠 되게 유명하다며. 그럼 연예인들도 알 거 아냐."

"근데 우리 오빠 이제 프로 갔는데."

"TV 보니까 야구 선수들하고 연예인하고 막 친하고 그러던데 너희 오빠도 그렇게 될 거잖아. 그렇지?"

"아마 그렇겠지? 우리 오빠 야구 좀 하니까."

"그럼 방탄 오빠들하고 친해질 수도 있는 거잖아. 그렇지?"

"아마 그럴걸?"

"그러니까 나중에라도 좋으니 방탄 오빠들 사인 좀 받아 줘. 응?"

"오빠한테 말은 해볼게. 그런데 방탄 오빠들 사인을 받을 시간이 있나 모르겠다."

"헐, 너희 오빠가 그렇게 바빠?"

"아니, 방탄 오빠들이 바쁘지. 요새 해외 공연 다니잖아."

"참, 그렇지."

"지희야! 나는 방보검!"

"나는 강수현! 참고로 꼭 내 이름 넣어줘야 해. 알았지?"

한세희는 쏟아지는 친구들의 요청을 빠짐없이 리스트로 작성했다.

그리고 모처럼 집에 온 한정훈 앞에 탁 하고 내려놓았다.

"오빠, 이거 가능하지?"

"이게 뭔데?"

"사인 받아 달래."

"내 사인?"

"뭐래? 오빠 말고 연예인 사인."

"야, 그걸 내가 어떻게 받아주냐?"

"그래도 노력은 좀 해봐. 다는 아니더라도 일단 한둘만 좀 받아 줘. 응?"

"그러게 이걸 왜 받아 와."

"그럼 어떻게 해. 담임선생님이 오빠 되게 유명한 야구 선수라고 애들 앞에서 막 자랑했단 말이야."

"하아⋯⋯. 일단 놔둬 봐. 구단 쪽에 아는 사람 있나 한 번 부탁해 볼 테니까."

"역시, 오빠 최고!"

"이럴 때만 최고냐?"

한정훈은 그저 헛웃음만 났다.

역대 최고 계약금을 받는다는 뉴스를 듣고도 시큰둥해 하던 한세희에게 고작 아이돌 사인으로 최고 소리를 듣다니.

다음 생에는 아이돌 오빠로 태어나야 할 것 같았다.

"그건 그렇고 세희, 넌 안 불편해?"

"뭐가?"

"작은 누나하고 같이 방 쓰는 거."

"난 괜찮은데? 그리고 오빠 곧 집 나갈 거잖아. 그럼 오빠 방

쓸 건데?"

"그럼 나는?"

"헐, 오빠 독립하는 거 아니었어?"

"나도 종종 집에 오긴 해야 할 거 아냐."

"그럼 거실에서 자든가. 나 이제 고등학교 올라가는 거 몰라?"

"공부도 못 하는 게 고등학생 타령은."

"헐, 대박. 오빠, 우리 집에서 오빠가 공부는 젤로 못하거든?"

한세희의 팩트 공격에 한정훈은 순간 할 말을 잃었다.

한세아와 한세연은 반에서 1등을 놓치지 않았고 집에 오면 하루 종일 음악 방송만 붙들고 있는 한세희마저 중간은 간다고 했으니 딱히 반박할 말이 없었다.

'엄마 아빠도 공부 좀 하셨다고 들었는데. 그럼 난 누굴 닮은 거야?'

한정훈의 입가로 씁쓸함이 밀려들었다. 그렇다고 이제 와서 공부 못하는 오빠로 남고 싶진 않았다.

"나는 공부를 못 한 게 아니라 안 한 거지. 오빠 야구하는 거 보면 모르냐?"

"칫, 그걸 어떻게 알아?"

"어쭈? 사인 안 받아도 된다 이거지?"

"그건 아니지. 받아준다고 했잖아아~"

"그러니까 오빠한테 까불지 마. 알았어?"

"칫, 맨날 나만 뭐라 그래."

한세희가 입술을 삐죽거리며 방을 나섰다.

그 모습을 보고 있자니 한정훈도 마음 한편이 애잔해졌다.

"하긴, 세희도 사춘기지. 한창 자기 방 가지고 싶을 나이인데 내가 너무 무심했네."

5년 전까지만 해도 한정훈의 가족은 2층 빌라에 살았다.

그러다 한정훈이 야구를 시작하면서 이곳 방 3개짜리 아파트로 이사를 왔다.

부모님은 막내 한세희를 끼고 안방에서 주무셨다. 한세아와 한세연이 한 방을 썼고 한정훈이 나머지 방을 차지했다.

아버지가 돌아가시고 나서는 큰누나 한세아가 아버지 대신 어머니와 안방을 썼다.

그리고 한세희는 작은 방으로 밀려나게 됐다.

처음 과거로 돌아왔을 때만 해도 한정훈은 집이 별로 불편하지 않았다.

방 3개에 화장실 2개 딸린 35평형 아파트였다. 거실도 제법 넓고 주방도 깔끔했으니 이 정도면 다섯 식구가 살기에 충분하다고 여겼다.

하지만 이제 와서 생각해 보니 혼자 방을 쓴다는 이유로 가족들의 불편함을 외면하고 있었던 것 같았다.

'하긴, 아버지도 나 프로 가면 큰 데로 이사 가자고 하셨으니까.'

한정훈은 핸드폰을 들어 고명희에게 전화를 걸었다. 그리고 방이 많은 집을 알아봐 달라고 요청했다.

-요즘 신축되는 아파트는 방이 많아 봐야 4개예요. 한정훈 선수가 원하는 것처럼 가족들이 전부 자신의 방을 쓰려면 60평대 이상을 봐야 하는데 그러면 돈이 꽤나 나갈 거예요.

"강남도 아닌데 많이 비쌀까요?"

-용산도 비싼 동네라서요. 어림잡아 12억 정도는 예상해야 할 겁니다.

"허, 12억이요?"

한정훈은 순간 헛웃음이 났다. 서울 집값이 비싸다곤 하지만 집 한 채에 12억이라니. 마치 다른 세상 이야기 같았다.

-놀라는 거 보니까 그 정도는 예상 못 했나 본데 그럼 차라리 지역을 옮기는 건 어떨까요? 어머님은 일을 그만두실 예정이시고 세희 양도 고등학교 진학 전이니까요.

"여기에 5년 정도 살아서요. 다들 이 동네가 편할 것 같은데요."

-그럼 아파트 규모를 줄이는 게 나을 것 같습니다. 방은 4개면 적당하겠죠. 한정훈 선수가 매일같이 집에 가는 건 아니니

까요.

"흠……."

-한정훈 선수, 이 세상에 내 마음에 쏙 드는 집 같은 건 없습니다. 설사 그런 집을 직접 짓고 살아도 불만이 생기게 마련이니까요. 특히나 요새 아파트들은 개성보다는 트렌드에 맞춰 비슷비슷하게 짓는 경향이 많습니다.

"조건이 까다로우면 구하는 것 자체가 어렵다는 말이죠?"

-그렇습니다. 생각해 보세요. 좌완에 150㎞ 이상의 포심 패스트볼과 커터, 슬라이더, 체인지업, 커브를 수준급으로 던지면서 부상 이력 없고 하드웨어 좋은 스무 살 미만의 투수가 세상에 흔할까요?

"그렇게 들으니까 느낌이 확 오네요."

-가족들과 함께 살 집이니 기대치야 높을 수밖에 없죠. 하지만 현실도 고려를 해야 합니다.

한정훈은 고명희의 조언을 받아들였다. 고명희도 사흘 만에 7개의 후보군을 가지고 집을 찾아왔다.

"이 집부터 말씀드릴 것 같으면……."

고명희는 한정훈의 가족들 앞에서 자신이 고르고 고른 집들의 장단점을 설명했다.

"다 둘러보는 건 무리고 세 개 정도만 추리자."

"그게 좋겠어."

한정훈 가족들은 심사숙고 끝에 후보군을 셋으로 줄였다.

그리고 하루 날을 잡아 세 집을 꼼꼼히 살펴본 뒤 살고 있는 집과 멀지 않은 곳에 새로 지어진 아파트를 최종 낙점했다.

"다들 여기 괜찮은 거죠?"

가족들의 최종 의사를 확인한 뒤 한정훈은 어머니와 함께 부동산을 찾아가 매매 계약을 했다.

"아들, 고마워. 아들 덕분에 좋은 집에서 살게 됐네."

"뭘 이 정도로요. 나중에 돈 많이 벌면 강남에서 가장 좋은 아파트 사 드릴게요."

"엄마 강남은 별로야. 오래 살아서 그런지 이 동네가 좋아."

한정훈과 어머니는 서로 팔짱을 끼고 기분 좋게 부동산을 나섰다. 그리고 그 다정한 모습이 다음 날 포털 사이트 경제란에 실렸다.

[한정훈도 산 용산 신지구. 향후 전망은?]

비즈니스 서울이라는 경제지가 쓴 기사는 전형적인 끼워 맞추기식 광고였다.

고교 최대어라 불리는 한정훈이 가족들을 위해 아파트를 매입한 이유가 마치 해당 지역의 입지 조건과 투자 가치 때문인 것처럼 떠들어댔다.

당연하게도 해당 기사는 별다른 관심을 끌지 못하고 다른 기사에 밀려 사라졌다.

하지만 그날 저녁.

[슈퍼 루키 한정훈. 용산 8억짜리 아파트 매입.]

스포츠란에 똑같은 기사가 오르자 반응이 달라졌다.

기사의 내용은 한정훈의 효심에 초점을 맞췄다.

한정훈의 가족사를 곁들이며 가족들의 희생과 헌신으로 최고의 야구 선수가 된 한정훈이 가장으로서 가족들을 위한 보금자리를 만들었다고 칭찬했다.

하지만 야구팬들의 댓글은 전혀 엉뚱하게 튀었다.

└올, 한정훈. 소박한데?

└그러게. 나는 당연히 강남으로 갈 줄 알았는데.

└가족들이 살 집이니까 용산이지. 아마 나중에 강남에서 따로 살걸?

└하긴, 강남에서 여자 끼고 노는데 가족들하고 마주치면 좀 그러니까.

└그런데 너무 씀씀이가 큰 거 아니냐? 계약금 통장에 입금된 지 얼마나 됐다고 8억을 쓰냐.

└맞아, 세금 떼고 에이전트 비용 떼고 하면 20억도 안 남았을 것 같은데.

└성급했네. 어쩌면 가족들이 닦달했을지도.

└지금 뭐라고 떠드는 거냐? 지금 한정훈 먹튀 될 거라고 고사 지내냐?

└야구판에서 제일 쓸데없는 짓이 한정훈 걱정하는 거란다. 한정훈은 알아서 잘할 테니까 신경들 꺼라.

└그거야 고교 야구 때나 통했던 말이고. 프로는 다를걸?

└아주 전문가 나셨네. 그런 소리 수도 없이 들은 게 한정훈이거든?

└한정훈은 클라스가 달라요 클라스가.

└클라스 같은 소리 한다. 한정훈이 야구의 신이라도 되냐?

└또 모르지. 몸 관리 개판으로 해서 첫 시즌 망칠지도.

└지인이 그러던데 한정훈 마무리 훈련에서 까였다던데?

└뭐? 진짜? 왜?

└모르지. 사생활에 문제가 있는지도.

└하긴 백 감독 보수적이라 사생활 어지간히 간섭하잖아.

└사생활 아니고 부상 때문일 거다. 전국대회 결승전에서 발 밟혔잖아.

└그 정도로 안 죽어, 붕신아. 진짜 부상이었으면 대대적으로 언플했지 가만있었겠냐?

└아무튼 한정훈 팔자 좋아.

└운동만 하는 놈들한테 계약금 퍼주는 게 문제다.

└맞아, 맞아. 스톰즈가 시작부터 제대로 삽질한 듯.

이틀간 비슷한 기사들이 네 개 더 올라왔지만 댓글 여론은 크게 달라지지 않았다.

"팀장님, 이거 어째 반응이 점점 나빠지는데요?"

"벌써부터 견제가 들어오는 건가? 홍보팀에서는 뭐래?"

"처음에 올라온 거 빼고는 홍보팀 작품이 아니랍니다."

"하긴. 바보도 아니고 반응이 별로인데 계속 같은 기사를 밀 리 없겠지."

"문제는 자꾸 루머로 번진다는 건데……. 이거 단장님께 말씀드려야 하지 않을까요?"

"단장님도 알고 계실 거야. 한정훈이라면 끔뻑 죽으시니까."

"그럼 어떻게 할까요? 물타기라도 해요?"

"물타기? 뭘로?"

"한정훈 선수 수비 특훈받은 거요. 그거 기사 내면 좀 낫지 않겠어요?"

"아니, 그걸 낼 타이밍은 지났어."

"그럼 한정훈 선수가 모교에 장학금 기부한 건요?"

"그것도 특별할 게 없어. 30억 쯤 받았음 모교에 기부하는 게 당연하다고들 생각할 테니까."

"이러다 한정훈 선수 봉사 활동이라도 시켜야 하는 거 아닌가 모르겠어요."

지원팀 김상민 대리가 불만스럽게 투덜거렸다. 덩달아 안성민 운영팀장의 입에서도 한숨이 흘러나왔다.

한정훈과 30억에 계약했다는 기사가 나온 이후로 여론은 냉랭하게 변해 있었다.

긴급 설문 조사 결과 한정훈이라면 30억 정도는 받아도 괜찮다는 의견이 50퍼센트에 육박했지만 신인에게 지나치게 많은 계약금을 줬다는 우려의 목소리도 적지 않았다.

스톰즈 구단에서 어떻게든 위화감을 낮추기 위해 노력했다.

하지만 지금 상황에서는 그 어떤 약도 소용이 없어 보였다.

"당분간은 납작 엎드려 가자."

"언제까지요?"

"이제 곧 스프링캠프니까. 그때까지만 기다려 보자고."

한정훈도 개인 훈련에 매진하며 겨울을 보냈다.

자신을 두고 주변에서 말이 많았지만 한정훈은 굳이 신경 쓰지 않았다.

정확하게는 신경을 쓸 시간이 없었다.

"아직까지 그거 하나 반응하지 못해서 어쩌자는 거야!"

송인수 코치가 때린 펑고가 1루 베이스 위를 타고 지나자 김운태 감독의 쓴소리가 날아들었다.

"파울 아니에요?"

한정훈이 가쁜 숨을 몰아쉬며 항의했다.

솔직히 조금 전 타구는 비디오 판독을 신청해야 할 정도로 아슬아슬하게 날아왔다.

하지만 김운태 감독은 코대답조차 하지 않았다. 송인수 코치도 크게 숨을 들이켠 뒤 1, 2루 간을 향해 있는 힘껏 펑고를 날렸다.

"젠장!"

1루 베이스 라인 쪽에 붙어 있던 한정훈이 이를 악물고 몸을 날렸다.

다행히도 이번에는 타구가 글러브 안으로 들어와 줬다.

하지만 김운태 감독은 코스가 너무 쉬웠다며 '다시'를 외쳤다.

"왜 다시예요!"

"투덜대지 말고 정신 차려. 아직 30개도 더 남았어. 이래서 언제 끝낼래?"

김운태 감독의 사인에 송인수 코치가 다시 힘껏 펑고를 때렸다.

타앙!

총알처럼 깔린 타구가 곧장 한정훈의 왼 발목으로 날아들었다. 내야수들이 가장 처리하기 힘들다는 코스였지만 한정훈은 요령껏 몸을 비틀어 공을 건져냈다.

"제법인데요?"

송인수 코치가 씩 웃었다.

백 개가 넘는 평고를 받으며 녹초가 되어 있을 상황에서 까다로운 타구를 깔끔하게 처리했다는 건 그만큼 기본기가 잡혔다는 소리였다.

하지만 김운태 감독은 쉽게 칭찬하는 법이 없었다.

"저 정도는 다 하는 거야. 괜히 호들갑 떨지 마."

"그래도 이 정도면 수비 못 한다는 소리는 안 들을 것 같은데요."

"그거야 평범한 선수들 기준이고. 저 녀석은 기대치가 다르잖아."

"하긴, 지금도 뭐 하나 깎아내릴 거 없나 눈에 불을 켜고 달려들긴 하죠."

"시즌 시작되면 분명 특훈 받았다는 이야기 나올 텐데 이 정도로 만족해서야 되겠어?"

"감독님 말씀 듣고 보니 저도 오기 생기는데요?"

"그러니까 뜸 들이지 말고 빨리 쳐. 정훈이 저 녀석, 나 때처럼 코스 외울지도 모르니까."

김운태 감독이 송인수 코치를 재촉했다.

"하압!"

송인수 코치가 기합을 내지르며 펑고를 때렸다.

3

1월 말.

스톰즈는 일본 오키나와로 전지훈련을 떠났다.

서린 고등학교에서 몸을 만들던 한정훈도 때를 맞춰 선수단에 합류했다.

"발목이 좀 안 좋았다고?"

"네, 염려해 주신 덕분에 지금은 괜찮습니다."

"염려는 무슨. 어쨌든 열심히해라. 30억씩이나 받아놓고 대충대충하면 가만 안 둬."

"알겠습니다, 감독님."

기자들이 지켜보는 가운데 캠프 초반은 조용히 지났다.

몇몇 기자는 백종훈 감독이 한정훈 길들이기를 시작할 거라 예상했지만 별다른 마찰조차 보이지 않았다.

그렇게 일주일 정도 적응기가 끝나고 스톰즈는 이글스와 첫 번째 연습 경기를 가졌다.

"드디어 홍콩포를 다시 보는 건가?"

"최주찬은 왜 빼는데?"

"어쨌든 서린 고등학교 역사상 최고라던 최정혁 트리오가 다시 뭉쳤으니 얼마나 잘하나 볼까?"

기자들은 한정훈의 선발 출장을 확신했다. 제아무리 백종훈 감독이라 해도 30억을 주고 데려 온 신인을 벤치에서 썩힐 리 없다고 여겼다.

하지만 백종훈 감독은 보란 듯이 한정훈을 엔트리에서 빼버렸다. 그리고 9회 말, 2사 주자 없는 가운데 강승혁을 대신해 대타로 내보냈다.

그러자 이글스 벤치도 투수를 바꿨다. 올해 4년 55억에 재계약한 좌완 마무리 투수, 정우남을 올린 것이다.

"데뷔전부터 정우남이라니. 한뚱이 운이 없는데?"

"또 모르지. 뭔가 하나 때려줄지도."

한정훈은 정우남의 초구와 2구를 지켜본 뒤 3구째 몸 쪽으로 파고드는 포심 패스트볼에 방망이를 내돌렸다.

하지만 방망이 안쪽에 걸린 타구는 멀리 뻗지 못하고 중견수 이영규의 글러브 속으로 빨려 들어갔다.

"아쉽네."

"그러게 말야. 타이밍이 안 맞았나?"

"전성기를 지났다지만 정우남이라고. 이제 고등학교에서 막 올라온 선수가 첫 대결부터 뻥뻥 때려낼 상대가 아냐."

"그런데 백종훈 감독 이런 식으로 한정훈 길들이는 건 아니 겠지?"

"어떻게? 계속 대타로만 내세워서?"

"못 할 것도 없지. 백종훈 감독이라면."

몇몇 기자의 예상대로 백종훈 감독은 이글스와의 3연전 내 내 한정훈을 대타로만 출전시켰다. 그것도 꼭 마지막 타석 때 내보냈다.

이글스 벤치는 기다렸다는 듯이 투수를 바꿔 응수했다. 덕 분에 한정훈은 세 타석에서 단 하나의 안타도 때려내지 못했 다.

정우남을 상대로 중견수 플라이.

송창석을 상대로 유격수 직선타.

윤구진을 상대로 좌익수 플라이.

아무래도 투수들이 낯설다 보니 히팅 포인트가 조금씩 어 긋나 보였다.

"뭐야, 한뚱. 저게 다야?"

"생짜 신인한테 뭘 기대하는 건데?"

"그냥 신인이 아니라 30억짜리 신인이잖아. 그럼 뭔가 달라 야 하는 거 아냐?"

"그래도 저 정도면 잘하고 있는 거지. 아직까지 삼진 하나도 안 먹은 거 봐."

"맞아. 안타는 없지만 공은 잘 고르고 있으니까 계속 경기 뛰다 보면 좋아지겠지."

"하지만 임팩트가 부족해. 우리가 고작 범타나 보려고 여기까지 온 건 아니잖아. 안 그래?"

"일단 조금 더 지켜봐야지. 한정훈도 계속 대타로만 나가진 않을 테니까."

이글스와의 3연전을 끝마친 스톰즈는 이틀을 쉰 뒤 베어스와 2연전을 가졌다.

"오늘은 선발로 한번 뛰어 봐라."

백종훈 감독은 한정훈을 불러 선심 쓰듯 출장 기회를 주었다.

"알겠습니다."

한정훈은 덤덤히 고개를 끄덕였다.

연습경기나마 첫 선발 출장은 기뻤지만 굳이 내색하고 싶진 않았다.

"오늘은 한정훈이 선발인데?"

"벌써 길들이기 끝난 건가?"

"그럴 리가 있겠어? 오늘 투수 알렉스잖아."

"알렉스 곤잘레스? 더스틴 니퍼드 아니고?"

"알렉스가 일찍 던지고 싶다고 떼를 썼다나 어쨌다나."

"하긴. 합류가 늦어서 연습 경기는 아직 못 나왔잖아."

베어스의 선발 투수는 알렉스 곤잘레스였다.

90년생 우완 투수로 2019년 대체 선수로 들어와 준수한 성적을 거두고 재계약에 성공한 케이스였다.

신체 조건은 188㎝에 104㎏.

듬직한 체격에서 내리 꽂는 155㎞/h 전후의 포심 패스트볼과 좌타자 몸 쪽으로 날카롭게 꺾여 들어가는 커터가 주 무기로 꼽혔다.

거기에 평균 이상의 커브와 슬라이더, 서클 체인지업을 던질 줄 알았다.

"한뚱이 몇 타석이나 버틸까?"

"그래도 안타 하나 정도는 때리지 않을까?"

"끝까지 뛴다면 그럴 가능성이 높지. 하지만 백 감독이 그만큼 기회를 줄까?"

"하긴. 한두 타석 지켜본 다음에 안타 없으면 바로 빼버릴걸? 그게 백 감독 특기잖아."

"두 타석도 많아. 첫 타석에서 삼진이라도 당해봐. 선수들 다 보는데서 지랄지랄할 거다."

기자들은 어쩌면 1회가 한정훈의 마지막 타석이 될지도 모른다고 여겼다.

최주찬과 강승혁도 한정훈이 걱정스러웠다.

"알렉스라면 베어스 에이스 아냐?"

"작년에 17경기 나와서 9승을 올렸으니 에이스라고 봐야지."

"아까 보니까 공이 상당히 빠르던데……. 정훈이 괜찮을까?"

"정훈이 말고 너나 잘해라. 너 10타수 1안타거든? 그러다 새파란 후배한테 1번 자리 빼앗기면 어쩌려고 그러냐?"

"그러는 너나 잘하세요, 강승혁 씨. 장타 하나 없이 단타만 3개 쳐서 아주 행복하시겠어요."

"젠장할. 떠들고 보니 우리 코가 석 자였네."

"그러게. 세상에서 제일 쓸데없는 짓을 하고 있었어."

최주찬과 강승혁이 동시에 쓴웃음을 지었다.

백종훈 감독 체제하에서는 그 누구도 주전 자리를 안심할 수 없다는 걸 잠시 깜빡하고 말았다.

"어쨌든 잘해라. 가능하면 밥상 좀 차리고."

"나도 그러고 싶다. 정훈이 득점권에서는 펄펄 날아다니니까."

최주찬은 평소보다 가벼운 방망이를 들고 타석에 들어섰다.

퓨처스 리그에도 155㎞/h 이상의 강속구를 던지는 투수가 적지 않았지만 메이저리그를 경험하고 온 알렉스 곤잘레스의 공은 다를 거라 여겼다.

아니나 다를까.

"스트라이크. 아웃!"

최주찬은 공 한 번 건드려 보지도 못하고 3구 삼진을 당하고 말았다.

"젠장할!"

최주찬이 입술을 깨물며 타석에서 물러났다. 그러자 대기 타석에 있던 정수인이 냉큼 다가왔다.

"선배님, 다 포심이었어요?"

"모르겠다. 마지막 공은 바깥쪽으로 휘어져 나간 거 같은데."

"그럼 그게 커터예요?"

"후우……. 커터인지 슬라이더인지 한 번만 봐서는 모르겠다. 암튼 정신 바짝 차려라."

"넵, 선배님."

2번 타순에 들어선 정수인은 방망이를 짧게 움켜잡았다. 최주찬이 방망이의 무게를 줄인 것처럼 정수인도 스윙을 간결하게 만들어 알렉스 곤잘레스의 속도에 대응하려 했다.

하지만 메이저리그에서 선발과 불펜을 오가며 15승을 거둔 알렉스 곤잘레스의 공은 대기 타석에서 보던 것 이상으로 빠르게 날아들었다.

후앗!

알렉스 곤잘레스의 손에서 공이 빠져나왔다 싶으면.

퍼엉!

어느새 홈플레이트를 지나 포수의 미트에 처박혔다.

'이걸 어떻게 치라는 거야!'

기가 꺾인 정수인은 2구와 3구째 터무니없는 스윙을 하고 삼진으로 물러나고 말았다.

"심각하네. 타이밍이 전혀 맞지 않는데?"

"그러게 말이야. 저 정도로 레벨 차이가 날 줄은 몰랐는데."

"그래도 이글스와의 연습 경기 때는 곧잘 했잖아. 안 그래?"

"10타수 3안타였지. 그래서 다들 제2의 이정우다 그랬잖아."

"이러면 한뚱도 쉽지 않을 거 같은데."

"에이, 그래도 한뚱은 다르지. 야구 월드컵 MVP 출신인데."

"아무리 그래도 아마추어 투수들하고 메이저리그 투수하고 같을까."

정수인의 타격을 지켜보던 기자들의 의견은 반으로 갈렸다.

제아무리 한정훈이라 해도 알렉스 곤잘레스의 공을 치기는 어려울 거라는 의견이 조금 더 우세했지만 한정훈은 다를 거란 의견도 적지 않았다.

스톰즈 더그아웃의 전망은 부정적이었다.

"어때, 저 녀석. 치겠어?"

"최주찬이도 못 건드는 공을 무슨 수로요."

"그렇겠지?"

"게다가 아까 타격 연습하는 거 보니까 몸이 굳었더라고요."

"그래?"

"3타수 무안타니까 아무래도 자신감이 떨어진 모양입니다."

"그렇단 말이지?"

백종훈 감독이 씩 웃으며 한정훈을 바라봤다. 조명구 수석 코치가 헛소리를 한 게 아니라면 한정훈도 삼진을 면치 못할 것 같았다.

"저 녀석이야? 나보다 더 많은 돈을 받았다는 애송이가?"

한정훈이 타석에 들어서자 알렉스 곤잘레스도 입가를 비틀어 올렸다.

올 시즌 알렉스 곤잘레스가 받은 돈은 계약금 포함 130만 달러. 에이전트를 통해 250만 달러에 2년 계약을 요구했지만 받아들여지지 않았다.

가장 큰 이유는 더스틴 니퍼드였다.

2011년 두산에 입단해 한국 생활 10년 차에 접어든 더스틴 니퍼드가 지난해 말 한국으로 귀화를 결정하면서 베어스가 배짱을 부린 것이다.

전성기를 지났다곤 하지만 더스틴 니퍼드는 여전히 위력적인 투수였다.

게다가 KBO 규정상 내국인 선수 취급을 받으면서 효용 가치도 커졌다.

더스틴 니퍼드에 이어 킬 페어란드라는 수준급 좌완 용병을 확보한 베어스는 알렉스 곤잘레스와의 협상에서 우위를 점했다.

고작 반 시즌만으로는 한국에서의 성공을 확신할 수 없고 여차하면 임의탈퇴로 묶으면 그만이라는 베어스 구단의 강수에 알렉스 곤잘레스도 울며 겨자 먹기로 130만 달러를 받아들일 수밖에 없었다.

"널 잡으면 쩨쩨한 구단도 내 가치를 인정해 주겠지?"

알렉스 곤잘레스가 오른손으로 포심 패스트볼 그립을 단단히 움켜쥐었다.

아마추어 리그에서 홈런 좀 쳤다는 이유로 300만 달러를 받았다는 저 건방진 애송이를 포심 패스트볼로 찍어 누르고 싶어졌다.

때마침 포수 강의지가 몸 쪽 빠른 공 사인을 냈다.

"그래. 그래야지."

알렉스 곤잘레스는 가볍게 고개를 끄덕였다. 그리고는 기합을 내지르며 투구판을 박차고 나갔다.

퍼엉!

순식간에 18미터를 날아온 공이 강의지의 미트 속에 정확하게 꽂혀 들어갔다.

하지만 애석하게도 구심의 스트라이크 콜은 들리지 않았다.

"나이스 볼!"

강의지가 고개를 끄덕이며 알렉스 곤잘레스에게 공을 돌려주었다.

살짝 높게 제구가 되면서 볼 판정을 받긴 했지만 슈퍼 루키라 불리는 한정훈을 꼼짝 못 하게 만들었으니 그것만으로도 충분하다고 여겼다.

'표정을 보아하니 불알이 쪼그라든 모양인데 조금 더 몰아붙여 볼까?'

가볍게 미트를 두드린 뒤 강의지가 다시 몸 쪽으로 미트를 붙였다.

구종은 커터.

포심 패스트볼처럼 들어오다가 마지막 순간에 타자의 손목 근처로 날아드는 알렉스 곤잘레스의 커터는 좌타자들에게 공포의 대명사로 통했다.

"크흐흐, 역시 마음에 들어."

알렉스 곤잘레스가 이번에도 씩 웃으며 고개를 끄덕였다.

그리고 잠시 숨을 고른 뒤 한정훈의 방망이 노브(Knob) 부분을 겨냥해 공을 내던졌다.

후앗!

알렉스 곤잘레스의 손끝에서 공이 빠져나오자 한정훈도 곧장 타격 자세에 들어갔다.

그러다 공의 궤적이 초구 포심 패스트볼보다 몸 쪽으로 치우치는 듯하자 냉큼 스윙을 멈추고 몸을 비틀었다.

퍼엉!

한정훈의 손바닥 끝을 스쳐 지난 공이 강의지의 미트 속에 파묻혔다. 그러자 구심이 양팔을 벌리고 타임을 외쳤다.

"뭐야? 맞았어?"

"아니요. 안 맞았는데요."

"노브 소리는 아니었는데 정말 안 맞았어?"

"네, 안 맞았습니다."

"혹시 모르니까 장갑 벗어 봐."

"정말 안 맞았습니다. 괜찮습니다."

"아니라잖아요. 연습 경기인데 대충하시죠."

괜히 불안해진 강의지가 나서서 구심을 말렸다. 구심도 고개를 한 번 갸웃하고는 다시 제자리로 돌아갔다.

"새끼, 꼴에 자존심은 있다 이거지?"

강의지는 3구째도 몸 쪽 공을 요구했다.

구종은 슬라이더.

알렉스 곤잘레스의 포심 패스트 볼에 정신이 팔린 좌타자들이 가장 적극적으로 덤벼드는 공이었다.

볼카운트가 불리했지만 알렉스 곤잘레스는 군말 없이 강의지의 미트를 향해 공을 던졌다.

후앗!

알렉스 곤잘레스의 손끝을 빠져나간 공이 벨트 높이로 빠르게 날아들었다.

그 순간.

따악!

한정훈이 망설이지 않고 방망이를 내돌렸다.

하지만 방망이의 안쪽에 걸린 타구는 그대로 1루 쪽 파울 라인을 벗어나 버렸다.

'젠장, 속았네.'

한정훈은 손바닥으로 헬멧을 툭툭 때렸다.

포심 패스트볼이나 커터일 거라 여겼는데 마지막 순간에 공이 발목 쪽으로 휘어지며 타격 포인트를 벗어나 버렸다.

전략 분석팀의 자료에 따르면 알렉스 곤잘레스의 슬라이더 구사 비율은 10퍼센트에 불과했다.

100구 기준으로 10개. 경기당 20명 이상의 타자를 상대한다고 가정했을 때 한 명 걸러 한 명꼴로 볼 수 있는 공이었다.

게다가 알렉스 곤잘레스는 우타자를 상대로 슬라이더를 많이 던졌다.

앞서 최주찬의 타석에서도 3구째 바깥쪽으로 흘러나가는

슬라이더를 던져 헛스윙 삼진을 이끌어 냈다.

한정훈은 내심 신인인 자신을 상대로 슬라이더를 던지지 않을 것이라 여겼다.

그러나 알렉스 곤잘레스-강의지는 자존심보다 실리를 택했다. 그리고 보란 듯이 첫 번째 스트라이크를 이끌어 냈다.

"후우······."

한정훈이 길게 한숨을 내쉬었다.

만만찮은 배터리를 상대하니 비로소 프로에 온 기분이 들었다.

"짜식, 이제 좀 쫄리냐?"

한정훈을 힐끔 바라본 강의지가 4구째 바깥쪽 포심 패스트볼 사인을 냈다.

알렉스 곤잘레스는 기다렸다는 듯이 고개를 끄덕였다.

그리고 강의지의 미트를 향해 이를 악물고 공을 내던졌다.

퍼엉!

한복판을 지나 바깥쪽으로 빠져나간 공이 순식간에 강의지의 미트를 흔들어 놓았다.

전광판에 찍힌 구속은 154km/h

아직 2월인데도 최고 구속에 버금가는 공이 날아들었다.

하지만 강의지는 웃지 못했다. 회심의 일구를 던진 알렉스 곤잘레스도 표정이 굳어졌다.

허겁지겁 방망이를 내돌릴 거라 여겼던 한정훈이 침착하게 공을 골라 버렸기 때문이다.

'이걸 참다니……'

강의지의 머릿속이 복잡해졌다.

당초 계획은 이번 공으로 투 스트라이크 투 볼을 만든 뒤 5구째 승부를 걸 생각이었다.

한복판으로 날아들다 빠르게 흘러나가는 서클 체인지업이라면 제아무리 한정훈도 참아내지 못할 거라 여겼다.

그런데 한정훈이 4구를 참아내면서 5구째 체인지업을 쓸 수 없게 되어버렸다.

볼 카운트는 원 스트라이크 쓰리 볼.

볼넷을 내줄 게 아니라면 어떻게든 스트라이크를 잡아야 했다.

'바깥쪽으로 하나 더 보여주자. 그리고 몸 쪽 승부를 거는 거야.'

생각을 정리한 강의지가 다시 한번 바깥쪽 포심 패스트볼을 요구했다.

코스는 낮게. 괜히 어중간한 높이로 던졌다간 안타를 얻어맞을 가능성이 높았다.

알렉스 곤잘레스도 마지못해 고개를 주억거렸다.

이제 막 프로의 세계에 들어온 애송이를 상대로 2구 연속 바깥쪽 공을 던져야 한다는 게 마음에 들지 않지만 볼카운트 상 어쩔 수가 없었다.

'이건 치지 마라, 애송이.'

세 타자 연속 삼진을 꿈꾸며 알렉스 곤잘레스가 힘차게 투구판을 박찼다.

후앗!

알렉스 곤잘레스의 손끝을 빠져나온 공이 순식간에 9미터 지점을 통과했다.

그 순간.

'이건 들어왔다!'

한정훈이 망설이지 않고 방망이를 내돌렸다.

따악!

공은 생각보다 뒤쪽에서 걸렸다.

벨트 옆.

힘 있는 타자들도 구위에 밀릴 가능성이 높은 타격 포인트였다.

하지만 한정훈은 포기하지 않고 이를 악물고 공을 밀어냈다. 그리고 기어코 3루수 옆쪽을 꿰뚫는 안타를 때려냈다.

"돌아! 돌아!"

타구가 펜스까지 구르자 김창식 3루 코치가 팔을 내돌렸다.

한정훈은 1루를 지나 2루까지 서서 들어갔다. 연습 경기이다 보니 베이스 수비수들도 무리해서 한정훈을 잡으려 덤벼들지 않았다.

"와우, 한뚱. 저걸 쳤는데?"

"그러게 말이야. 바깥쪽 낮게 들어오는 스트라이크였는데 저걸 어떻게 걷어냈지?"

"그러니까 한뚱이지. 괜히 한뚱이야?"

"대단해. 타이밍이 늦었던 거 같은데 힘으로 밀어냈어."

경기를 지켜보던 기자들의 입에서 탄성이 터져 나왔다. 그러나 일부 기자들은 운이 좋았을 뿐이라며 확대 해석을 경계했다.

"홈런도 아닌데 무슨 한뚱 타령이야?"

"그러게. 나중에 한정훈 안타 하나 쳤다고 기사 쓰는 거 아냐?"

백종훈 감독도 한정훈의 2루타에 큰 의미를 부여하지 않았다.

"3루수가 너무 공간을 내줬어."

"한정훈이 좌타자고 알렉스 곤잘레스의 공이 빠르니까 설마 밀어치지는 못할 거라고 판단했나 봅니다."

"제자리에만 있었어도 충분히 잡을 수 있었을 텐데 말이야."

"그럼요. 허경인이야 수비 잘하는 선수니까요."

허경인 역시 빈 곳으로 공이 빠져나가자 멋쩍은 표정을 지었다.

하지만 적장인 김태영 감독은 한정훈의 안타가 우연처럼 느껴지지 않았다.

"저쪽으로 일부러 치는 게 가능한 거야?"

"153㎞짜리 바깥쪽 낮게 들어 온 포심 패스트볼을요?"

"어렵지?"

"그냥 툭 하고 가져다 맞추는 정도라면 교타자들은 가능할지도 모르죠. 하지만 방금 건 총알처럼 빠져나갔는데요."

"그렇다면 타구에 제대로 힘을 실었다는 이야기인데……."

"마무리 훈련에서 빠졌다는 소리 듣고 벌써부터 겉멋 들었나 했는데 따로 특훈이라도 받은 모양입니다."

장운진 타격 코치도 한마디 거들었다.

똑같은 유형이라고 보긴 어렵지만 얼마 전까지 베어스를 대표했던 타격 기계 김현우와 비교하더라도 손색이 없을 것 같았다.

"일단 첫 타석이니까 조금 더 지켜보자고."

김태영 감독은 일단 판단을 유보했다. 프로야구 우승 감독이 되어 상대 팀 신인이 때려낸 안타 하나 가지고 호들갑을 떨고 싶진 않았다.

하지만 4회 초, 두 번째 타석에 들어온 한정훈이 몸 쪽 공을 잡아당겨 다시 한번 좌중간을 꿰뚫자 김태영 감독의 입에서도 탄성이 터지고 말았다.

"허, 진짜 대단한 놈이 들어왔네."

"제가 말씀드렸잖습니까. 어디 가서 특훈 받고 온 게 틀림없다고."

"그럼 가서 누구한테 특훈 받았는지 좀 알아봐."

"왜요? 타격 코치로 데려오시게요?"

"생짜 신인을 고작 몇 개월 만에 저만큼 키웠으면 삼고초려라도 해서 데려와야지. 안 그래?"

김태영 감독이 슬쩍 입가를 비틀어 올렸다.

웃을 일은 아니지만 연습 경기이고 7 대 0으로 앞서가고 있으니 자신도 모르게 웃음이 났다.

반면 백종훈 감독은 표정이 잔뜩 굳어 있었다. 한정훈이 1회에 이어 4회에도 2루까지 진루하며 1사 2루의 득점 기회를 만들어줬지만 도저히 웃을 수가 없었다.

오늘 경기에서 스톰즈가 때려낸 2개의 안타가 전부 한정훈의 방망이에서 터져 나왔기 때문이다.

"컨디션 별로라며?"

"그게 분명 연습 타격 땐 별로였는데……"

"그럼 뭐? 갑자기 컨디션이 확 올라오기라도 했다는 거야 뭐야?"

백종훈 감독이 언성을 높였다. 그러자 조명구 수석 코치가 그럴 듯한 변명을 늘어놓았다.

"그것보다는 빠른 공에 자신 있는 거 아닐까요?"

"빠른 공?"

"두 번 모두 빠른 공을 쳤잖습니까. 게다가 알렉스 곤잘레스가 빠른 공만 던져대니 타이밍 맞추기도 쉬웠을 겁니다."

조명구 코치의 말처럼 한정훈은 두 번 연속 포심 패스트볼을 때려냈다.

첫 타석은 원 스트라이크 쓰리 볼이라는 유리한 볼카운트에서 바깥쪽을 파고드는 스트라이크를 밀어쳤고 두 번째 타석은 투 스트라이크 원 볼이라는 불리한 볼카운트에서 무릎 높이로 날아드는 포심 패스트볼을 걷어 올려 장타를 만들어 냈지만 조명구 코치의 머릿속에는 오로지 포심 패스트볼만 기억에 남았다.

"젠장, 다른 녀석들은 다들 뭐 하고 있는 거야? 저런 새파란 애송이도 치는데. 저러다 저 녀석 기사라도 나는 거 아냐?"

"그런 의미에서 주자를 바꾸는 게 어떨까요?"

"하긴, 저 녀석 주력으로는 홈에 바로 들어오기가 어렵겠지?"

"그럼요. 살 좀 뺐다지만 어림없을 겁니다."

"좋아, 그럼 바로 영진이하고 바꾸라고."

백종훈 감독은 한정훈이 더 이상 활약하지 못하도록 아예 경기에서 빼버렸다.

한 점이라도 쫓아가기 위해 대주자를 기용한 것처럼 굴었지만 그걸 곧이곧대로 받아들이는 기자는 아무도 없었다.

"허, 벌써 교체야?"

"백 감독 징글징글하네. 암튼 남의 새끼 잘되는 꼴을 못 본다니까?"

"게다가 대주자도 고영진이야."

"고영진이 대주자 할 만큼 발이 빠른가?"

"한정훈보다야 빠르겠지만 주력만 놓고 보면 평균 수준 아냐?"

"뭘 따져? 안시원한테 밀린 제 새끼 챙기는 건데. 저러는 게 어디 하루 이틀이야?"

"하긴. 원칙도 없고 철학도 없고."

"원칙이 왜 없어? 자나 깨나 내 새끼 몰라?"

"그럼 철학은 학연, 혈연 중심이고?"

"그거 말 되네."

기자석은 순식간에 백종훈 감독 성토장으로 변했다. 김영태 감독도 스톰즈 더그아웃을 바라보며 어처구니없다는 표정을 지었다.

"지금 뭐 하자는 거지?"

"글쎄요. 오늘 첫 선발 출전한 신인 선수의 체력을 안배하려는 것 같지는 않은데 말이죠."

"우리가 우습나?"

"그럴 리야 있겠습니까만…… 또 괜히 기분 나빠지는데요?"

"안 되겠어. 우리도 다 빼. 후보들 내보내라고."

베어스는 보란 듯이 강의지를 제외한 모든 선수를 후보 선수로 교체했다. 마음 같아선 강의지도 빼고 싶었지만 알렉스 곤잘레스와의 호흡 때문에 남겨두었다.

"뭐야? 왜 갑자기 주전을 빼는데?"

"7 대 0이니까 이겼다고 생각하는 거 아닐까요?"

"아직 4회잖아!"

"신생팀이라고 무시하는 모양인데 차라리 잘 됐습니다. 이 참에 신인 선수들 테스트나 하시죠."

김태영 감독이 자존심을 세우자 백종훈 감독도 똥고집으로 맞섰다.

강승혁을 비롯해 주전급 선수들 전원을 빼고 신인 선수들로 라인업을 채워 버린 것이다.

"미구엘, 교체야."

"뭐? 어째서?"

"상대 팀에서 주전을 빼서 우리도 똑같이 따라하나 봐."

"이런 젠장할! 상대가 주전을 빼면 이 악물고 점수를 쫓아가야 할 거 아냐!"

"후우……. 나도 모르겠다."

"저런 돌대가리 감독 같으니라고!"

오늘 경기 첫 타점에 대한 욕심으로 가득 찼던 미구엘 산토스도 민상기로 교체됐다.

그리고 민상기는.

"스트라이크. 아웃!"

알렉스 곤잘레스에게 3구 삼진을 당하고 두 번째 아웃 카운트의 주인공이 됐다.

뒤이어 타석에 들어선 조일환마저 삼진으로 물러나면서 스톰즈의 두 번째 득점 기회도 허무하게 사라졌다.

이후 경기는 막장으로 흘렀다.

"스트라이크. 아웃!"

"스트라이크. 아웃!"

한정훈에게 복수를 하지 못한 분풀이라도 하듯 알렉스 곤잘레스는 무자비하게 스톰즈 신인 타자들을 짓밟았다.

4회 2개에 이어 5회에 2개. 6회에 2개. 7회에 3개. 8회에 2개.

8이닝 동안 무려 17개의 탈삼진을 잡아내며 경기를 지배했다.

반면 스톰즈 투수들은 나왔다 하면 연속 안타를 얻어맞고 점수를 내줬다.

3이닝 4실점으로 강판당한 장일준을 시작으로 김성진-송준태-송태민-안일훈-박경찬에 이르기까지 6명의 투수가 13실점을 합작했다.

"진짜 가관이다."

"경기를 하겠다는 거야 말겠다는 거야?"

"부장한테 말해서 팀 바꿔 달라고 해야지, 안 되겠다."

"진짜 이러다 연패 기사만 쓸 것 같아."

경기를 지켜보던 기자들의 입에서 불평불만이 터져 나왔다. 지난 2년간 퓨처스 리그에 머물렀던 스톰즈의 사정을 모르는 바는 아니지만 이건 해도 너무했다. 도저히 눈 뜨고 봐주기 어려울 정도였다.

"이봐, 킴! 이 빌어먹을 경기는 언제 끝나는 거야?"

"후우…… 나도 모르겠어."

"가서 감독한테 말해. 내가 던지겠다고."

8회 말 또다시 무사 1, 3루 위기가 찾아오자 장염 증세로 휴식을 취하던 외국인 투수 알렉스 마인이 짜증을 내며 글러브를 집어 들었다.

그리고 제멋대로 불펜으로 걸어 들어갔다.

다른 때 같았으면 겁도 없이 나댄다고 발끈했을 백종훈 감독도 마지못해 알렉스 마인의 등판을 허락했다.

불펜에 몸을 푸는 투수들보다 알렉스 마인이 낫겠다고 판단한 것이다.

18 대 0.

추가 실점 후 1사 만루가 된 상황에서 마운드에 오른 알렉스 마인은 초구에 몸 쪽 포심 패스트볼로 스트라이크를 빼앗은 뒤 2구째 바깥쪽으로 흘러나가는 슬라이더를 던져 타자의 땅볼을 유도했다.

그리고 6-4-3으로 이어지는 더블 플레이를 눈으로 확인한 뒤 고개를 흔들며 마운드를 내려왔다.

"알렉스 마인 공 좋네."

"그러게. 80만 달러에 계약했다고 해서 큰 기대 안 했는데 제법인데?"

"그건 그렇고 스톰즈는 투수가 저렇게 없나?"

"유망주야 많지. 하지만 당장 프로에서 통할 정도의 공을 던지는 건 조석훈하고 오승일 정도밖에 없을걸?"

"그건 지켜봐야지. 장일준도 털렸는데 조석훈이라고 다를까."

"하긴, 퓨처스 리그 성적은 비슷했었으니까."

다음 날.

무거운 분위기 속에 마운드에 오른 조석훈은 5이닝 6피안타 4실점 호투를 펼쳤다. 4점을 내줬지만 자책점은 2점에 불과했다.

하지만 백종훈 감독은 한 번 가지고는 모른다며 조석훈을 계속 테스트하겠다는 뜻을 밝혔다.

"스톰즈에는 재능 있는 투수가 많아요. 다들 기회만 주면 석훈이만큼은 할 겁니다."

"그럼 조석훈 선수도 안심할 수 없다는 이야기인가요?"

"아직 시범 경기도 치르지 않았는데 벌써부터 보직을 정해 버리면 경쟁이 되겠습니까."

"그 말씀은 장일준 선수도 선발로 확정된 건 아니라는 거죠?"

"크흠, 일준이는 스톰즈가 장기적으로 키워야 할 좌완 에이스 아닙니까. 좌완 파이어볼러가 귀한 시대에 일준이 정도면 밀어줘야죠. 안 그래요?"

"한정훈 선수는 어떤가요? 오늘 대타로 나와서 안타를 때렸는데요."

"한정훈은 조금 더 지켜봐야 해요."

"벌써 6타수 3안타인데 더 지켜봐야 할 게 있나요?"

"고작 6타수 3안타잖소. 게다가 아직 홈런이 없어요. 홈런이. 30억이나 주고 데려왔는데 저래서 클린업에 넣을 수나 있을지 모르겠어요."

백종훈 감독은 언제나처럼 한정훈의 실력을 깎아내렸다. 그리고 일부 기자들은 보란 듯이 백종훈 감독의 코멘트를 빌려 기사를 써냈다.

ㄴ와, 백똥집. 이제 하다하다 홈런 타령이네.

ㄴ안타 못 칠 땐 안타 없다고 지랄. 이제는 홈런 없다고 지랄. 나중엔 경기 못 이겨도 한뚱한테 지랄할 듯.

ㄴ그런데 시범 경기에서 홈런 친 거 강승혁 말고 또 있나?

ㄴ없지. 심지어 강승혁은 타율 2할대임.

ㄴ솔직히 나도 불안하긴 하다. 한정훈이 빨라 장타가 터져줘야 할 텐데.

ㄴ기회를 줘야 홈런을 치지. 이런 식으로 대타로만 써먹으면 무슨 수로 홈런을 쳐?

ㄴ암튼 한빠들 피해 근성 대단하다. 그럼 이제 막 프로에 올라온 신인한테 붙박이 주전 자리 보장해 줘야 하냐?

ㄴ맞아, 맞아. 실력으로 경쟁해야지. 30억 받았다고 주전 내놓으라는 건 좀 아닌 듯.

ㄴ니들은 니들 선수들이나 신경 써라. 남의 팀 선수 신경 쓰지 말고.

스톰즈 팬들은 백종훈 감독식 선수 길들이기 때문에 한정훈이 제대로 실력 발휘를 하지 못한다고 여겼다.

반면 다른 팀 팬들은 한정훈의 거품이 걷히는 것뿐이라며 비아냥거렸다.

백종훈 감독은 다이노스와의 3연전 때도 한정훈을 대타로만 기용했다.

경기 후반, 루상에 주자가 없는 가운데 상대 투수가 바뀌면 기다렸다는 듯이 한정훈을 내보냈다.

한정훈은 군말 없이 타석에 들어섰지만 리그 최고라 불리는 다이노스의 특급 불펜진을 상대하기란 쉽지 않았다.

첫째 날 우완 사이드암 원종헌을 상대로 중견수 플라이.

둘째 날 우완 김진석을 상대로 좌익수 플라이.

셋째 날 마무리 투수 우완 김창민을 상대로 우익수 앞 안타.

한정훈은 다이노스의 필승조를 상대로 3타수 1안타를 치며 분전했다.

하지만 타격 성적이 소폭 하락하는 걸 막지는 못했다.

타율은 0.500에서 0.444로.

장타율은 0.833에서 0.667로.

"그래도 아직까진 스톰즈 타자 중 제일 잘 치고 있잖아."

"그러게 말이야. 한두 경기 가지고 뭐라고 하는 건 아니지."

기자들은 한정훈을 두둔했다.

계속해서 대타로 출전하는 상황 속에서도 준수한 성적을 유지하고 있으니 이만하면 선방하고 있다고 봤다.

하지만 백종훈 감독은 한정훈을 좋게 봐줄 생각이 눈꼽 만큼도 없었다.

"이거 30억 중 20억은 뱉어내야 할 거 같은데."

기자들 앞에서 부적절한 농담까지 서슴지 않으며 한정훈의 부진을 꼬집었다.

"정훈아, 신경 쓰지 마."

"그래, 원래 감독님 생각 없이 말하는 스타일이야. 그거 일일이 귀담아들어 봐야 너만 손해라고."

"너 지금 팀 타격 1위야. 너 가지고 뭐라고 하면 우리 중에 욕먹지 않을 사람 없어."

"이런 말하긴 그렇지만 나하고 승혁이는 첫해에 2할도 못 쳤어. 너 정도면 엄청 잘하는 거야."

"2할도 못 쳤다니! 그래도 난 2할대 후반 쳤거든?"

"그래, 너 잘났다."

최주찬과 강승혁은 한정훈의 옆에 꼭 붙어 기분을 달래주었다. 그 와중에도 서로 티격태격거리기 바빴지만 덕분에 한정훈도 장타에 대한 스트레스를 털어낼 수 있었다.

"괜찮아요. 계속 타석에 들어서다 보면 좋아지겠죠."

"그래, 넌 원래 잘하는 놈이니까 분명 금방 하나 때려낼 거야."

"그럼. 한뚱이 누구야? 고교리그를 씹어 먹던 괴물이잖아? 시간이 걸릴 뿐이지 난 네가 프로도 씹어 먹을 거라 믿고 있다."

"정훈이 띄워주는 건 좋은데 그전에 우리부터 잘해야 하지 않을까?"

"나도 말하면서 그 생각 했다. 젠장. 겨우 3할 치고 있는 내가 4할 치는 한뚱을 위로하다니."

"그러게. 나도 꼴랑 홈런 하나 때려놓고 이러는 거 낯 뜨겁다."

하루 휴식일을 가진 스톰즈는 신생팀 스타즈와 3연전을 치렀다.

한정훈은 스타즈를 상대로 모처럼 선발로 나섰다.

첫 타석과 두 번째 타석 때는 의욕이 과해 외야 플라이로 물러났지만 세 번째 타석에서 좌중간을 꿰뚫는 2루타를 때려낸 뒤 마지막 타석에서 서린 고등학교 동기 민찬기를 상대로 펜스를 직격하는 장타를 터뜨리며 타격감을 끌어 올렸다.

한정훈뿐만 아니라 최주찬과 강승혁이 나란히 2안타를 신고하면서 경기는 스톰즈의 6 대 4, 두 점 차 승리로 끝이 났다.

"이제 겨우 첫 승이네."

"그러게 말이야. 스타즈 없었으면 한 20연패쯤 할 뻔했어."

"그건 그렇고, 내일도 한뚱이 선발로 나올까?"

"그럴 리가 있겠어? 잘 치는 선수 경기에서 빼서 컨디션 바닥 치게 만드는 게 백 감독 주특기잖아."

기자들의 예상대로 2사 주자 없는 가운데 대타로 출전한 한정훈은 스타즈의 마무리 투수 유원성을 상대로 풀카운트 접전 끝에 볼넷을 얻어냈다.

한정훈과의 승부에서 기력이 빠진 듯 유원성은 이후 4연속 안타를 허용하며 블론 세이브를 기록했다.

그러나 백종훈 감독은 칠 수 있는 공을 치지 않았다는 말도 안 되는 이유를 들며 한정훈을 경기에서 빼버렸다.

한정훈이 벤치를 지킨 가운데 스타즈에게 8 대 2로 패배하자 스톰즈 팬들도 불만을 쏟아냈다.

└백 감독, 해도해도 너무하는 거 아니야?

└그러게 말이야. 한정훈이 무슨 잘못을 했다고 기용을 안 하는 건데?

└백 꼰대는 진짜 답이 없다. 메이저리그 스타일을 존중한다며?

그럼 30억 주고 데려온 한정훈은 왜 쌩까는데?

└뭘 그런 걸 가지고 흥분해? 백 불통이 새벽에 메이저리그 경기를 볼 리가 없잖아?

└하긴 술 마시기 바쁘겠지.

└코치들은 뭐 하냐. 백 감독 고집 부리면 뭐라도 해야 할 거 아냐!

└코치들은 전부 백 감독 수족들인데 뭘 바람?

└그럼 구단에서 나서야지! 김명석, 너 이 새끼 손가락 빨고 있을래?

└왜 애꿎은 단장 가지고 난리야?

└내 말이. 한정훈 데려왔으니 김단장은 10년간 까방임.

└진짜 화딱지 나서 야구 못 보겠다. 지더라도 상식적으로 져야지.

└잘하는 선수들은 기다렸다는 듯이 빼고 찬스 때마다 제 새끼들 투입해서 경기 말아먹고. 진짜 백 노답답다.

"후우……."

홈페이지를 통해 팬들의 동향을 확인한 김명석 단장의 입에서 무거운 한숨이 흘러나왔다.

그러자 옆에서 모니터링을 하던 안성민 운영팀장도 한마디 거들었다.

"단장님, 정말 이대로 보고만 계실 거예요?"

"그럼? 이제 와 뭘 어쩌라고? 백 감독 자르자고?"

"잘라야죠. 이대로 가다간 팀이 망가진다고요."

"그게 쉬웠으면 진즉 잘랐겠지."

"이러다 홈페이지 폭발하겠어요. 규정 위반 글이 쏟아져서 관리하기 힘들어 죽겠다고 난리라고요."

"후우……."

김명석 단장이 다시금 긴 한숨을 내쉬었다.

연습 경기는 연습 경기일 뿐이라고 웃어넘기려 했지만, 생각보다 상황이 좋지 않았다.

승패를 떠나 퓨처스 리그에서 보여주었던 스톰즈 특유의 끈끈하고 거침없는 야구를 전혀 보여주지 못하고 있었다.

가장 큰 이유는 백종훈 감독.

다양한 선수를 테스트한다는 핑계로 애제자들만 싸고돌면서 팀 분위기가 완전히 망가져 버렸다.

일부 극성팬들은 위약금을 주는 한이 있더라도 백종훈 감독을 경질해야 한다고 말했다.

김명석 단장도 그럴 수 있다면 백종훈 감독을 내보내고 싶었다.

하지만 백종훈 감독의 임기를 보장한다는 조건 때문에 계약 해지도 쉽지 않았다.

10억이라는 계약금을 요구한 백종훈 감독을 달래기 위해 삽입한 옵션에 완전히 발목을 잡히고 만 것이다.

"그냥 연봉 3배 주고 터는 게 낫지 않을까요?"

안성민 팀장이 재차 김명석 단장을 설득했다.

백종훈 감독과의 정확한 계약은 오직 조상민 사장과 김명석 단장만 알고 있지만 구단 홈페이지를 통해 떠도는 소문으로는 계약 해지 위약금이 연봉의 3배일 가능성이 높아 보였다.

백종훈 감독의 올해 연봉은 1억 5천만 원. 위약금으로 4억 5천만 원을 추가 지급한다는 게 속이 쓰리긴 했지만 이대로 팬들에게 외면을 받는 것보다는 나을 것 같았다.

그러나 김명석 단장은 이번에도 고개를 흔들었다.

"고작 연봉의 3배면 내 지분이라도 팔았을 거야."

"3배가 아니에요? 그럼 5배요?"

"4배. 그것도 계약금의 4배."

"헐, 그럼 20억이잖아요!"

안성민 팀장이 입을 쩍 하고 벌렸다. 설마하니 그런 터무니없는 조건에 김명석 단장이 동의했을 줄은 몰랐던 것이다.

하지만 그 당시에는 김명석 단장도 어쩔 수가 없었다.

최정한 회장이 백종훈 감독을 낙점한 상황에서 과도한 연봉 지출을 줄이는 방법은 임기 보장뿐이었다.

만약 백종훈 감독이 이런 식으로 생떼를 부릴 줄 알았다면 김명석 단장도 달라는 대로 주고 계약 해지가 가능하도록 계약서를 썼을 것이다.

그러나 계약 당시 백종훈 감독은 고집은 있지만 인품과 신망을 갖췄다고 평가받고 있었다.

"후우……."

김명석 단장의 입에서 또다시 한숨이 흘러나왔다.

"그럼 진짜 답이 없네요."

안성민 팀장도 고개를 흔들어댔다.

그때였다.

"단장님, 큰일 났습니다!"

노크도 없이 문이 열리더니 운영팀 김상민 대리가 들어왔다.

"뭐, 뭐야? 무슨 일인데 그래?"

"카프스가 연습 경기를 거절했습니다."

"뭐? 갑자기 왜?"

안성민 팀장이 목소리를 높였다. 그러자 김상민 대리가 김명석 단장의 눈치를 살피며 나직이 중얼거렸다.

"그게…… 도저히 수준 낮아서 우리랑은 못 하겠데요."

그 한마디로 김명석 단장의 일본행이 결정됐다.

4

오키나와로 넘어온 김명석 단장은 즉시 히로시마 카프스 캠프를 찾아갔다.

그리고 두 시간여의 협상 끝에 예정대로 연습 경기를 치르겠다는 답을 얻어냈다.

물론 히로시마 카프스도 아무 이유 없이 연습 경기를 받아들인 건 아니었다.

"그러니까 한정훈을 무조건 출전시켜라 이겁니까?"

"카프스 쪽 요청 사항입니다."

"젠장할. 제깟 놈들이 뭔데 남의 팀 일에 이래라저래라 하는 겁니까?"

카프스의 요구 조건을 전해 들은 백종훈 감독은 대번에 불만을 터뜨렸다.

이번 카프스와의 2연전 때도 한정훈은 벤치를 지키게 할 생각이었다. 안이하게 플레이하는 선수는 기본적으로 5경기 출전 금지가 원칙이었다. 한정훈이라고 해서 예외로 둘 생각이 없었다.

하지만 밤을 새서 일본까지 날아온 김명석 단장도 호락호락 물러서지 않았다.

"카프스와 잡힌 연습 경기가 몇 경기인 줄 아십니까?"

"고작 네 경기잖소!"

"카프스하고 연습 경기가 무산되면 다른 일본 구단들도 그 핑계를 대고 취소하려 들 겁니다. 그래도 괜찮겠습니까?"

"크으윽! 지금 고작 그런 걸로 날 협박하는 거요!"

"고작 그런 거라니요? 스톰즈 같은 신생팀 입장에서 일본 프로 구단을 상대하는 것만큼 좋은 경험은 없다고 말씀하셨잖습니까?"

애당초 김명석 단장은 일본 프로야구 구단과 연습 게임을 가질 생각이 없었다.

온전치 않은 전력으로 굳이 일본 구단에게 망신을 사고 싶진 않았다.

그러나 백종훈 감독은 어려운 팀을 상대해야 실력이 는다며 일본 구단과의 연습 경기를 고집했다.

"그러니까 내가 싼 똥이니 나보고 치우라 이거요?"

"감독님 요청을 받아들여 어렵게 마련한 연습 경기이니 우리도 예의를 갖출 필요가 있다고 말씀드리는 겁니다."

"대체 내가 뭘 어쨌다는 거요!"

"카프스도 아는데 감독님께서 모르시진 않겠죠."

"김 단장! 자꾸 이런 식으로 나올 거요?"

백종훈 감독이 매서운 눈으로 김명석 단장을 노려봤다.

한정훈의 마무리 훈련 불참을 문제 삼지 않는 조건으로 전지훈련의 자율권을 보장해 주겠다고 말한 건 다름 아닌 김명석 단장이었다.

하지만 김명석 단장도 일본까지 와서 백종훈 감독의 뒤치다꺼리나 하고 있을 생각은 없었다.

"한정훈 선수를 출전시키는 게 그리 못마땅하시면 알겠습니다. 경기 취소하죠. 대신 이 일에 대해서는 언론에 있는 그대로 발표하겠습니다. 이건 제가 감당할 수 있는 일이 아니라서요."

"이익!"

"저는 분명 백 감독님께 선택권을 드렸습니다. 그리고 이건 백 감독님이 결정하신 겁니다."

김명석 단장이 보란 듯이 몸을 돌렸다. 그러자 백종훈 감독도 더는 고집을 부리지 못했다.

"젠장! 알았소! 알았다고! 내보내면 되잖아!"

백종훈 감독이 씩씩거리며 회의실을 박차고 나갔다. 그 모습을 옆에서 조용히 지켜보던 안성민 팀장이 아쉽다는 표정을 지었다.

"계속 고집을 부려줬으면 더 좋았을 텐데……. 그래도 언론이 무섭긴 무서운가 보네요."

"그러게. 난 솔직히 배 째라고 나올 줄 알았거든."

"저도요. 그래서 미리 언론 보도 자료까지 준비해 놨는데 헛고생했네요."

"백 감독도 눈치 백단이니까. 그런 뻔한 수에 넘어가진 않겠지."

"그런데 그거 진짜예요?"

"뭐가?"

"한정훈 선수 출전이요. 정말 카프스에서 그걸 요구했어요?"

안성민 팀장이 의심 어린 얼굴로 물었다.

한정훈이 30억을 받은 슈퍼 루키라고는 하지만 일본 구단에서 콕 집어서 출전을 요청했을 것 같진 않았다.

그러자 김명석 단장이 쓴웃음을 흘렸다.

"카프스에서 한정훈을 상대로 테스트해 보고 싶은 선수가 있나 보더라고."

"그게 누군데요?"

"다나카 슈헤이."

15장
사생결단

1

"야, 한정훈. 너 내일 선발이라더라."

한정훈의 앞쪽에 식판을 내려놓으며 최승일이 말을 걸었다.

"아, 네. 감사합니다."

"감사는 무슨. 그런데 너 다나카 슈헤이라고 아냐?"

"다나카 슈헤이요?"

"몰라? 주찬이는 야구 월드컵 때 만났다던데."

"아, 이제 기억났습니다. 일본 투수였네요."

"그럼 인마. 다나카 슈헤이가 일본이지, 미국이겠냐?"

"하긴, 그렇겠네요."

"어쨌든 정보 좀 줘라. 나도 안타 하나 정도는 쳐야지."

최승일은 스톰즈의 주전 좌익수였다. 좌투좌타에 2할대 후반의 타율과 두 자릿수 홈런이 기대되는 선수였다.

경암 고등학교 출신이라는 이유로 백종훈 감독 라인으로 불리고 있지만 정작 최승일은 그런 식의 이분법을 싫어했다.

그래서 한정훈을 비롯한 서린 고등학교 주전 선수들과도 스스럼없이 어울리려고 노력하는 편이었다.

한정훈도 그런 최승일이 싫지 않았다. 하지만 다나카 슈헤이에 대해서는 딱히 해줄 말이 없었다.

"저도 아는 게 없죠. 안 본 지 2년도 넘었는데요."

"그래도 대충 스타일이나 그런 건 알 거 아냐."

"글쎄요. 그땐 빠른 공으로 윽박지르는 스타일이었어요."

"포크볼도 잘 던진다던데? 너 포크볼 때려서 홈런 쳤다며?"

"그건 그냥 운 좋게 얻어걸린 거예요."

"운 좋게 얻어걸렸다는 게 전광판 상단을 때리냐?"

"누가 그래요?"

"누가 그러긴, 인마. 나도 그 경기 봤는데."

"하하. 전 다 까먹고 있었는데."

"이래서 옛말이 틀린 게 하나 없다니까."

"무슨 말이요?"

"때린 놈은 발 뻗고 잔다 그러잖아."

"그거 때린 놈이 아니라 맞은 놈일 텐데요."

"시끄러, 인마. 하늘 같은 선배가 그렇다면 그런 거지 어디 말이 많아?"

"네네. 때린 놈인가 봐요."

한정훈이 피식 웃었다. 그러자 최승일이 눈을 한 번 크게 부라리고는 수저를 집어 들었다.

"그건 그렇고 안 피곤하냐?"

"뭐가요?"

"주변 말이야. 다들 너만 가지고 난리잖아."

"그랬어요?"

"허, 이놈 보게? 남들이 뭐래 건 신경 안 쓴다 이거냐?"

"제가 그런 거 신경 쓸 시간이 어디 있겠어요. 아직 젖비린 내 나는 신참내기인데."

"그 덩치에 젖비린내라니."

"어쨌든 진짜 프로가 되려면 아직 멀었잖아요. 그냥 기회가 주어지면 최선을 다하는 거죠, 뭐."

주변 사람들의 걱정과는 달리 한정훈은 대타 출전에 대해 크게 스트레스를 받지 않았다.

30억이라는 신인 최고 계약금을 받고 입단한 슈퍼 루키라고는 하지만 아직 고등학교를 졸업하지도 않은 신인이었다.

고교 시절에 잘 나갔다는 이유만으로 주전 자리를 꿰찰 수 있을 거라는 생각은 단 한 번도 하지 않았다.

하지만 최승일의 눈에는 한정훈이 억지로 태연한 척하는 것처럼 보였다.

"힘들면 말해, 인마. 주찬이나 승혁이만은 못 하겠지만 푸념 들어주는 것쯤은 해줄 테니까."

"말씀만이라도 고마워요."

"그리고 얼굴 본 지 꽤 됐으니까 말 좀 편히 해라."

"······?"

"나 이제 스물여덟밖에 안 됐어. 네가 그렇게 대선배 취급하니까 꼭 은퇴해야 할 거 같잖아."

최승일이 불만스럽게 투덜거렸다.

가뜩이나 노안이라는 소리를 듣는 마당에 한정훈에게 꼬박꼬박 존대를 받고 있으니 괜히 거리감만 들었다.

"저 말 편하게 하면 막가는데요."

"알아, 인마. 주찬이한테 들었어. 너하고 말 편히 한 게 인생 최고의 실수라고."

"주찬이 형이 그래요? 허, 안 되겠네."

"왜? 또 너희 누나한테 이르려고?"

"그것도 알고 계세요?"

한정훈이 눈을 똥그랗게 떴다.

최주찬과 한세연이 연애 중인 건 아는 사람만 아는 비밀이었다.

"그럼, 인마. 그래도 명색에 부주장인데 그 정도는 파악하고 있어야지. 안 그러냐?"

최승일이 씩 웃었다. 그 역시도 우연찮게 주워들은 것에 불과했지만 최주찬의 연애사를 공유하는 것만으로도 한정훈과 부쩍 가까워진 기분이 들었다.

반면 한정훈은 불안함을 감추지 못했다.

"갑자기 선배가 무슨 말을 할지 불안해지는데요."

최승일이 아무 이유도 없이 한세연을 들먹인 게 아닐 것 같았다.

아니나 다를까.

"너희 큰누나 말이다. 아직 남자 친구가 없다며?"

"크흠, 큰누나는 안 돼요."

"왜? 그새 남자 친구 생겼냐?"

"생기는 중이에요."

"너 이 자식. 내가 마음에 안 든다 이거지?"

"형 클럽 마니아라면서요."

"야, 그건 그냥 단합 차원에서 몇 번 간 거거든?"

"어쨌든요. 큰누나는 진짜진짜 좋은 남자 만나야 해요."

"허, 이 자식 봐라. 그러니까 최주찬은 되고 나는 안 된다 이거지?"

"주찬이 형도 스틸한 거지 제가 허락한 거 아니에요."

"쳇, 너 그렇게 안 봤는데 사람 외모 가지고 차별하는 거 아니다."

"죄송해요."

"야! 여기서 죄송하다고 하면 안 되지! 그럼 진짜 내가 못생겨서 까이는 거 같잖아!"

최승일이 자신도 모르게 목소리를 높였다.

농담으로 한 번 던진 말을 한정훈이 정색하고 받을 줄은 몰랐던 모양이었다.

하지만 한정훈도 큰누나인 한세아의 연애 문제만큼은 민감할 수밖에 없었다.

과거에도 운동선수와 결혼해서 고생만 했기 때문이다.

'운동선수는 절대 안 돼. 말 나온 김에 큰누나한테도 다짐을 받는 게 낫겠어.'

한정훈이 수저를 꾹 움켜쥐었다. 그러자 최승일이 움찔하더니 슬그머니 목소리를 낮췄다.

"그, 그냥 해본 말이야, 인마."

"알아요."

"크흠, 어쨌든 내일 경기 잘해라. 네가 빨리 자리를 잡아야 우리도 편하니까. 알았지?"

"네, 선배도 내일 홈런 치세요."

"못된 놈. 차라리 교체되라고 해라."

2

저녁 식사를 마치고 한정훈은 곧장 전략 분석실로 향했다.

"한 선수. 뭐 필요한 거 있어요?"

"다나카 슈헤이 자료 있나요?"

"다나카…… 누구요?"

"내일 카프스 선발이요."

"아, 그 다나카. 그렇지 않아도 단장님께서 한정훈 선수 찾아오면 주라고 한 게 있었는데…… 아, 여기 있네요."

최일만 대리가 책상 서랍에서 USB 하나를 꺼냈다. USB 귀퉁이에는 대외비라는 라벨이 붙어 있었다.

"이거 저만 봐야 하나요?"

"일단 한 선수에게만 전해주라는 지시는 있었습니다. 하지만 그걸 혼자만 봐야 한다는 말씀은 없으셨어요."

"알겠습니다. 그럼 제가 알아서 할게요."

"대신 외부로 유출하실 때는 아시죠? 단장님 이야기는 빼주셔야 해요."

"네. 알겠습니다."

한정훈은 방으로 돌아와 태블릿에 USB를 꽂았다. 그리고 능숙하게 자료를 살폈다.

가장 먼저 떠오른 건 다나카 슈헤이의 입단 기사.

히로시마 카프스의 지명을 받고 계약금 7천만 엔에 입단했다는 내용이었다.

"계약금을 제법 받았네."

7천만 엔이면 한화로 7억 5천만 원 수준이었다. 일본을 대표하는 투수 오타니 쇼헤이의 계약금이 1억엔(성과급 5천만 엔 별도) 정도였으니 생각보다 후한 대우를 받았다고 봐야 했다.

하지만 다나카 슈헤이의 입단 첫해 성적은 참담했다.

11경기에 출전해 승리 없이 4패. 평균 자책점은 6.25

선발과 불펜을 오가며 고군분투했지만 신인의 한계를 극복하지 못하고 2군으로 밀려나고 말았다.

"다나카 슈헤이가 이 정도로 털릴 투수는 아닌데."

한정훈이 페이지를 넘겼다. 그곳에는 다나카 슈헤이의 부진을 분석한 기사가 걸려 있었다.

"슬라이더가 예리하지 못하고 포크볼은 중학생 수준이라. 재밌네."

한정훈의 입가로 헛웃음이 흘렀다.

자신이 어렵사리 홈런을 때려낸 투수가 일본 프로야구에서는 수준 미달로 평가받는다는 게 왠지 모르게 허탈해졌다.

"설마 이게 끝은 아니겠지?"

한정훈이 다시 페이지를 넘겼다.

다행히도 2군에서 집중 조련을 받은 다나카 슈헤이는 지난해 중순 1군에 복귀해 준수한 피칭을 선보이며 불펜 투수로 자리를 잡았다.

작년 성적은 3승 3패 평균 자책점 3.72(29이닝 12자책점).

시즌 초반에 불펜에 적응하지 못하고 두 차례 대량 실점한 걸 제외한 평균 자책점은 무려 1.38에 달했다.

카프스 구단은 프로 리그에 적응을 마친 다나카 슈헤이에게 선발로 뛸 기회를 주겠다고 말했다. 다나카 슈헤이도 스프링 캠프를 통해 선발 로테이션에 합류하겠다며 의욕을 불태웠다.

다행히 지금까지의 분위기는 나쁘지 않았다.

두 차례 자체청백전에서 2승에 평균 자책점 1.50. 이 정도 성적만 꾸준히 유지해 준다면 선발 로테이션 합류는 당연해 보였다.

"보아하니 내일 우릴 밟고 감독의 눈도장을 받을 생각인가 본데 어림없지."

한정훈은 전략 분석 자료 마지막에 첨부된 다나카 슈헤이의 투구 영상을 따로 빼냈다. 그리고 메신저를 통해 최주찬과 강승혁에게 전송했다.

[한뚱 님이 동영상을 업로드했습니다.]

차나형: 뭐냐? 좋은 거냐?

깡이형: 잠만. 다운받는 중.

한똥: -__-;;;;;; 다나카 슈헤이 동영상임.

차나형: 쓰잘데기없이 뭘 그딴 걸 보내?

깡이형: 그러게 말이다. 정훈이 저 자식 재미없는 건 알았지만 이 정도로 센스가 없을 줄은 몰랐는데

한똥: 내일 안타 못 쳐서 둘 다 2할대로 추락하고 싶지 않으면 동영상 꼼꼼히 살펴봐요. 다른 선수들한테도 보내주고요.

깡이형: 네네. 어련하시겠어요.

차나형: 치사한 자식. 형들 타율 가지고 그러는 거 아니다, 너.

한정훈이 공개한 동영상은 곧장 스톰즈 선수들 전원에게 퍼져 나갔다.

"허, 뭐야 이 새끼. 지금 뭘 던지는 거야?"

"이게 포크볼이라고? 이걸 어떻게 치나?"

"포크볼은 버려야 하는 거 아냐?"

"그건 버리는 게 아니라 못 치는 거고."

"그럼 뭘 노릴 건데? 포심도 156㎞까지 나오잖아."

"그나마 칠 만한 건 슬라이더 같은데."

"슬라이더도 장난 아냐. 바깥쪽으로 도망치는 거 봐라. 이

거 타석에서 보면 절대 못 잡을걸?"

스톰즈 선수들은 삼삼오오 모여 동영상을 분석했다.

기존 구단들도 버거워한다는 일본 구단을 상대로 승리를 장담하기란 어렵겠지만 적어도 형편없이 깨지지는 말자며 서로를 독려했다.

다음 날.

싸늘한 날씨 속에 히로시마 카프스와 스톰즈의 첫 번째 연습경기가 시작됐다.

스톰즈의 선발은 브랜든 파간.

93년생 좌완 투수로 포심 패스트볼과 커브를 주무기로 구사했다.

스톰즈 구단은 브랜든 파간이 최소 원투 펀치의 역할은 해주길 기대했다.

그래서 외국인 선수 중 두 번째로 많은 120만 달러의 몸값을 안겨주었다.

하지만 지난 두 차례 연습 경기에서 보여준 브랜든 파간의 투구는 별로 인상적이지 않았다. 제구가 좋은 투수답게 사사구는 없었지만.

따악!

볼카운트가 불리해졌다 싶으면 안타를 얻어맞으며 루상에

주자를 내보냈다.

"젠장, 또 시작이네. 또 시작이야."

"그러게 말이야. 스트라이크로 시작하면 범타. 볼로 시작하면 안타. 저렇게 맞히기도 힘들 텐데 대단하다니까."

"그래도 초구에 스트라이크를 잡으면 타순에 상관없이 안타를 거의 안 맞잖아요. 그게 어디예요."

"그것마저 못했으면 지금까지 캠프에 붙어 있었을 것 같아?"

경기를 지켜보던 기자들이 저마다 고개를 흔들어댔다.

정작 예비 자원으로 뽑았던 케빈 루이스는 클레이튼 커쇼우급 활약을 펼치는데 에이스 역할을 해줄 브랜든 파간이 헤매고 있으니 한숨이 나올 수밖에 없었다.

"젠장할, 왜 자꾸 맞는 거야."

마운드에 선 브랜든 파간도 짜증이 났다.

기자로부터 초구에 스트라이크를 잡지 못하면 안타를 맞는다는 말을 들었을 때는 코웃음을 쳤지만 막상 같은 일이 반복되고 나니 꼭 보이지 않는 저주라도 걸린 듯한 기분이 들었다.

그때였다.

"브랜든! 진정해!"

바로 앞쪽에서 누군가의 목소리가 들려왔다.

"뭐야, 애송이 녀석이."

브랜든 파간이 헛웃음을 터뜨렸다.

아무리 경기가 안 풀리더라도 이제 프로에 올라온 신인 선수에게 위로를 받고 싶진 않았다.

하지만 한정훈은 브랜든 파간의 표정이 어두워질 때마다 미트를 두드리며 독려를 아끼지 않았다.

그리고.

따악!

2사 1, 3루에서 베이스 옆을 빠져나가는 타구를 건져내며 브랜든 파간을 실점 위기에서 구원했다.

"나이스 플레이!"

"잘했어! 한뚱!"

"짜식, 수비 많이 늘었는데?"

선수들이 저마다 달려와 한정훈과 글러브를 부딪쳤다.

그러나 정작 브랜든 파간은 고맙다는 말 한마디 없었다. 마치 당연한 수비였을 뿐이라며 축하를 받는 한정훈을 지나 더그아웃으로 들어가 버렸다.

"저 녀석, 왜 저래?"

한정훈을 대신해 최주찬이 열을 냈다. 그러자 강승혁이 냉큼 다가와 최주찬을 달랬다.

"신경 쓰지 마. 제 딴에는 에이스랍시고 들어왔는데 케빈 루이스한테도 밀리고 있으니 기분이 좋겠냐?"

"아무리 그래도 그렇지. 정훈이가 저거 안 잡아줬으면 1회부터 실점이었다고."

브랜든 파간이 5번 타자 마츠다 류헤이에게 던진 초구는 볼이었다.

그리고 마츠다 류헤이는 원 스트라이크 투 볼에서 몸 쪽을 파고드는 포심 패스트볼을 잡아당겼다.

만약 한정훈이 제때 몸을 날리지 않았다면 베이스 옆을 스쳐 지난 타구는 우익수 쪽 파울 지역까지 굴러갔을 것이다.

2사 이후이니 3루 주자는 물론이고 1루 주자까지 홈을 밟았을 것이고 초구에 볼을 던지면 안타라는 징크스도 계속됐을 것이다.

그것을 한정훈이 호수비로 건져냈는데 감사 인사조차 없다는 건 야수들을 무시하는 처사나 다름없었다.

"두고 봐. 아주 보란 듯이 알을 까줄 테니까."

최주찬이 브랜든 파간을 노려보며 씩씩거렸다.

까다로운 타구가 자주 날아드는 유격수 포지션의 특성상 마음만 먹으면 얼마든지 땅볼을 안타로 만들 수 있었다.

하지만 그건 다른 동료들에게도 폐를 끼치는 일이었다.

"농담으로라도 그런 소리 마요, 형."

"젠장, 넌 화도 안 나냐?"

"화를 왜 내요? 저래 봐야 자기만 손해인데. 암튼 허튼소리 말고 빨리 준비나 해요. 형이 1번 타자라고요."

한정훈은 최주찬을 잘 달래 타석에 내보냈다.

그러나 미처 흥분을 가라앉히지 못한 최주찬은 초구에 들어온 슬라이더를 건드려 2루수 땅볼로 물러나고 말았다.

"으이그, 감독님한테 또 한소리 듣겠네."

한정훈의 예상대로 백종훈 감독은 최주찬에게 1번 타자로서 자질이 없다며 호통을 쳤다.

"죄송합니다."

최주찬이 굳은 얼굴로 자리로 돌아왔다.

그런 최주찬의 엉덩이를 툭 하고 때려준 뒤 한정훈은 방망이를 챙겨 들고 대기 타석으로 나갔다.

"어디 얼마나 성장했나 볼까?"

한정훈은 평소처럼 자세를 낮추고 마운드 쪽으로 눈을 돌렸다.

때마침 다나카 슈헤이의 시선도 한정훈을 향해 있었다.

"벌써부터 나를 의식해서 뭐하게? 네 상대는 내가 아니라 수인이야. 너 그러다 안타 맞는다."

한정훈의 조언을 듣기라도 한 듯 다나카 슈헤이는 투 스트라이크를 선점한 뒤 4구째 바깥쪽으로 흘러나가는 체인지업을 던져 2번 타자 정수인의 헛스윙을 이끌어 냈다.

2사 주자 없는 가운데 한정훈의 타석이 찾아왔다.

한정훈은 배트 링을 끼고 빠르게 방망이를 내돌렸다.

훙! 후웅!

방망이가 날카롭게 허공을 가르자 다나카 슈헤이의 얼굴에 긴장감이 번졌다.

반면 포수 이토 케이사쿠는 대수롭지 않게 미트를 두드렸다.

"30억을 받았다지? 그래봐야 한국의 루키일뿐이라고."

이토 케이사쿠는 초구부터 몸 쪽 빠른 공을 요구했다.

그것도 아슬아슬한 코스가 아니라 넉넉하게 스트라이크 판정을 받을 만한 위치로 미트를 들어 올렸다.

다나카 슈헤이는 일단 고개를 끄덕였다.

경기 시작부터 주전 포수 이토 케이사쿠의 사인에 고개를 흔들 만한 배짱은 없었다.

한편으로는 자신의 공이 얼마나 묵직해졌는지 한정훈에게 보여주고 싶었다.

"어디, 자신 있으면 쳐 봐라."

잠시 숨을 고른 뒤 다나카 슈헤이가 있는 힘껏 투구판을 박차고 나왔다.

후앗!

다나카 슈헤이의 손끝을 빠져나온 공이 곧장 몸 쪽으로 날아들었다.

그러자 한정훈도 망설이지 않고 방망이를 내돌렸다.

따악!

매섭게 돌아 나온 방망이가 홈플레이트 한복판에서 공을 집어삼켰다.

그리고 타구는 그대로 백네트를 때리고 떨어졌다.

'이 녀석, 제법이잖아?'

이토 케이사쿠가 놀란 눈으로 한정훈을 바라봤다.

이제 막 프로에 올라왔다는 한국의 루키가 다나카 슈헤이의 초구부터 완벽하게 반응할 줄은 몰랐던 것이다.

다나카 슈헤이도 가슴을 쓸어내렸다.

'하마터면 얻어맞을 뻔했어.'

프로에 올라와서 구위를 끌어올리지 못했다면 지금쯤 타구는 담장 밖으로 사라져 버렸을 것 같았다.

"후우……. 괜찮아. 나도 예전의 내가 아니라고."

다나카 슈헤이는 애써 마음을 다잡았다. 이토 케이사쿠도 2구째 몸 쪽을 낮게 파고드는 슬라이더를 요구하며 다나카 슈헤이의 승부욕을 자극했다.

후앗!

다나카 슈헤이가 내던진 공이 낮게 깔려 무릎 앞쪽으로 날아들었다.

좌타자라면 충분히 움찔할 만한 코스였지만 한정훈은 눈 하나 까딱하지 않고 공을 흘려보냈다.

공은 마지막 순간에 한정훈의 발목 쪽으로 휘어지며 이토 케이사쿠의 미트에 처박혔다.

'이런 뻔한 공은 안 속는다 이거지?'

이토 케이사쿠는 3구째 바깥쪽 높은 코스의 포심 패스트볼 사인을 냈다. 눈높이로 날아들다가 빠르게 도망치는 공이라면 한정훈도 참지 못할 거라 여겼다.

그러나 한정훈은 3구도 유유히 흘려보내며 카프스 배터리를 압박했다.

원 스트라이크 투 볼.

불리한 볼카운트에서 이토 케이사쿠가 선택한 건 역시나 포크볼이었다.

조심스럽게 손가락을 움직인 뒤 이토 케이사쿠는 한정훈의 옆구리 쪽에 바짝 미트를 붙여넣었다.

제대로 던진다면 우타자의 몸 쪽으로 파고들며 떨어지는 다나카 슈헤이의 포크볼 무브먼트를 감안해 확실한 타깃을 만들어 준 것이다.

이토 케이사쿠의 속내를 알아챈 다나카 슈헤이도 단단히 고개를 끄덕였다.

그러고는 검지와 중지 사이에 공을 단단히 끼워 넣은 뒤 이토 케이사쿠의 미트를 향해 힘껏 팔을 내돌렸다.

후앗!

한정훈의 몸 쪽을 향해 날아들었던 공이 마지막 순간에 뚝 하고 떨어지며 스트라이크존을 파고들었다.

여기까지는 이토 케이사쿠의 계산대로였다.

하지만 이토 케이사쿠는 웃지 못했다.

당연히 헛스윙을 할 거라 여겼던 한정훈의 방망이가 정확하게 쫓아와 떨어지는 포크볼을 걷어 올린 것이다.

따악!

방망이 끝부분에 걸린 타구가 센터 쪽으로 뻗어 올랐다.

"크다!"

제자리에 자리를 잡고 있던 중견수 마루 요시로가 재빨리 몸을 돌렸다.

그리고 미친 듯이 워닝 트랙 앞쪽까지 내달려 펜스를 직격하려는 타구를 잡아냈다.

"허, 저걸 잡네."

"스타트가 좋았어. 조금만 늦었더라도 3루타가 됐을 거라고."

"에이, 한뚱이 무슨 3루타야. 2루타라면 또 몰라도."

"요새 한뚱 살 빠진 거 몰라?"

"저 체격에 5kg 뺐다고 티가 날까."

"어쨌든 한뚱은 아쉽겠어. 첫 타석부터 장타를 신고할 수 있었는데 말이야."

기자들의 시선이 2루 베이스 쪽에 멈춰선 한정훈을 향해 움직였다.

하지만 한정훈은 담담히 모자와 글러브를 받아들고 1루 수비에 들어갔다.

"한뚱도 여간내기가 아니라니까."

"그러게 말이야. 저 정도 타구가 잡히면 아쉬워서 발을 동동 굴러야 정상인데."

"다음에도 때려낼 자신 있다는 거겠지."

"하긴, 다나카 슈헤이의 결정구인 포크볼을 첫 타석부터 때려냈으니 손해 본 장사는 아니잖아. 안 그래?"

기자들은 한정훈과 다나카 슈헤이의 두 번째 타석을 기다렸다.

1회 공방을 주고받는 데 고작 10분이 지났으니 한정훈이 다시 타석에 들어서기까지 그리 오랜 시간은 걸리지 않을 것 같았다.

2회 초를 책임지기 위해 마운드에 오른 브랜든 파간은 카프스의 하위 타선을 삼자범퇴로 돌려세우며 기자들의 기대에 부응하는 피칭을 선보였다.

다나카 슈헤이도 4번 타자 미구엘 산토스와 5번 타자 강승혁을 연속 삼진으로 돌려세운 뒤 6번 타자 장철승을 초구에 투수 앞 땅볼로 유도하며 이닝을 마쳤다.

"동양인 투수에게 질 수는 없지."

다나카 슈헤이에게 자극을 받은 브랜든 파간은 더욱 힘을 냈다.

3회 초 발 빠른 니시카와 료와 다나 코스케를 내야 플라이로 유도한 뒤 2번 타자 가구치 료스케를 삼진으로 잡아내며 자존심을 세웠다.

"좋아, 좋아. 잘하고 있어."

"2회부터 초구에 전부 스트라이크를 꽂아 넣고 있다고."

"의식적으로 스트라이크를 던지는 거 같은데?"

"말은 안 했지만 본인은 얼마나 불안하겠어?"

"하긴, 가뜩이나 실력으로 보여줘야 하는 용병이니까. 더 신경 쓰이겠지."

기자들은 카프스 타선을 상대로 호투를 펼치는 브랜든 파간에게 박수를 보냈다.

그리고 그 좋은 흐름이 이어져 3회 말 공격 때 한정훈까지 타선이 이어지길 기대했다.

하지만 3회 말 스톰즈의 공격은 삼자범퇴로 끝이 났다.

7번 타자 최승일 삼진.

8번 타자 안시원 삼진.

9번 타자 박지승 삼진.

다나카 슈헤이가 본격적으로 던지기 시작한 포크볼에 속수무책 당하고 말았다.

"젠장! 좀 맞춰라!"

"으휴, 진짜 한숨만 나오네."

타자들이 한 명씩 물러날 때마다 기자들은 고개를 절레절레 흔들었다.

다나카 슈헤이에게 3이닝 동안 빼앗긴 삼진만 6개였다.

아무리 신생 구단이라 하더라도 일본의 신인급 투수를 상대로 꼼짝없이 당하고 있으니 속이 쓰릴 수밖에 없었다.

"한정훈은 언제 나오는 거야?"

"기다려 봐. 4회에는 볼 수 있을 테니까."

"진짜 스톰즈에 믿을 선수는 한뚱 하나뿐인 거야?"

"흥분하지 마. 아직 0 대 0이라고."

"브랜든 파간이 지금처럼만 버텨 주고 한정훈이 다시 한번 다나카 슈헤이를 흔들어 준다면 오늘 경기 충분히 잡을 수 있어!"

기자들은 최고의 시나리오를 상상했다.

브랜든 파간의 호투. 한정훈의 맹활약.

이 두 가지 조건이 충족된다면 신생팀이라는 이유로 연습 경기를 거부했던 카프스의 코를 납작하게 만들어 줄 수 있을 것 같았다.

하지만 4회 초에 마운드에 오른 브랜든 파간이 선두 타자 마루 요시로에게 초구에 볼을 던지면서 상황이 꼬이기 시작했다.

"볼!"

마루 요시로는 풀카운트 승부 끝에 침착하게 공을 걸러내고 1루로 걸어나갔다.

중심 타자이기 이전에 선두 타자로서 출루의 중요성을 잊지 않은 것이다.

"젠장할!"

마루 요시로의 방망이를 끌어내기 위해 회심의 체인지업을 던졌던 브랜든 파간이 신경질적으로 마운드를 걷어찼다.

한정훈이 괜찮다고 독려했지만 소용없었다.

오히려 카프스의 신성 스즈키 세야에게 두 타석 연속 안타를 얻어맞으며 무사 1, 3루의 위기를 자초했다.

"아, 젠장. 또 안타야."

"초구부터 볼 질 할 때 알아봤다니까."

"거참 그 이야기 좀 그만해. 미신도 아니고 기자라는 사람이 뭐하자는 거야?"

"왜 나한테 성질이야? 따질 거면 저 등신한테 가서 따져."

2회와 3회 좋은 모습을 보여줬던 브랜든 파간이 4회에 흔들리자 기자들의 표정이 굳어졌다.

그리고 그 불안감은 브랜든 파간의 초구가 스트라이크존을 벗어나면서 절망으로 변했다.

"미치겠네. 진짜. 지금 상황에서 초구부터 볼을 던지면 어쩌자는 거야?"

"스트라이크를 던지면 얻어맞을까 봐 그랬나 보지."

"저래놓고 또 2구째 유인구 던질 거잖아."

"그건 박지승이 볼배합 문제 아냐?"

"여기서 박지승이 왜 나와? 박지승이 외국인 투수 상대로 맘대로 리드할 짬밥이야?"

"그럼 박원해 코치 작품이라는 건데. 대체 왜 그렇게 뻔한 사인을 내는 거야?"

기자들의 불만이 박원해 배터리 코치에게 향했다.

하지만 정작 박원해 코치도 뻔히 보이는 브랜든 파간의 볼배합을 볼 때마다 한숨만 나왔다.

"스트라이크 던져. 스트라이크 던져야 해."

포수 박지승의 시선이 더그아웃 쪽을 향하자 박원해 코치가 냉큼 신호를 보냈다.

사인을 확인한 박지승이 고개를 끄덕였다.

하지만 브랜든 파간은 몸 쪽 포심 패스트볼을 붙여넣자는 박지승의 요구를 거절했다.

"이 멍청아, 지금 그걸 던지면 맞는다고. 넌 잠자코 내 공이나 받아."

브랜든 파간은 고집스럽게 고개를 흔든 뒤 바깥쪽으로 흘러나가는 커브 사인을 얻어냈다.

마이너리그 시절 수많은 좌타자의 방망이를 이끌어 냈던 이커브라면 굳이 스트라이크존을 공략하지 않아도 구심의 오른팔이 들리게 만들 수 있을 것 같았다.

하지만 작심하고 던진 커브에 5번 타자 마츠다 류헤이 꿈쩍도 하지 않으면서 경기 분위기는 더욱 싸늘하게 얼어붙어 버렸다.

"젠장할!"

브랜든 파간이 또다시 욕지거리를 내뱉었다.

분명 속을 만한 공을 던졌는데 꿈쩍도 하지 않으니 절로 짜증이 치밀었다.

"너무 뻔히 보이는 수였어."

한정훈이 나직이 중얼거렸다. 좌타자의 한복판에서 바깥쪽으로 흘러나가는 커브를 던져 헛스윙이나 파울, 혹은 땅볼을 유도하겠다는 의도는 좋았지만 유리한 볼 카운트에서 타자가 속아줄 만한 공은 결코 아니었다.

3회까지 잘 던지던 투수가 4회 들어 갑자기 흔들리면서 무사 1, 3루라는 절호의 기회가 만들어졌다. 스코어는 0 대 0. 여기서 확실히 점수를 뽑는다면 오늘 경기의 승기를 잡을 수 있었다.

타자 입장에서는 성급히 타격할 이유가 전혀 없었다. 게다가 볼카운트가 몰리기 전까지는 원하는 공을 기다려 공략하는 게 기본이었다.

"투 볼이야. 이젠 어쩔 수 없이 스트라이크를 던지겠지. 그리고 타자는 그걸 받아칠 테고."

브랜든 파간이 키킹 동작에 들어가자 1루수 코마야 쇼우가 리드를 넓혔다.

한정훈도 뒤따라 코마야 쇼우의 뒤쪽으로 자리를 옮겼다.

그러다 브랜든 파간의 빠른 공이 마츠다 류헤이의 몸 쪽을 파고들자 다시 베이스 라인 쪽으로 무게 중심을 옮겼다.

그 순간.

따악!

마츠다 류헤이가 때린 타구가 또다시 1루 베이스 라인을 타고 날아들었다.

"어딜!"

한정훈은 냉큼 팔을 뻗어 공을 낚아챘다. 제자리에서 수비를 했다면 몸을 날려야 했겠지만 다행히 타구를 미리 예측한 덕분에 한결 수월하게 포구를 할 수 있었다.

"홈! 홈!"

한정훈이 공을 잡자 브랜든 파간이 악을 내질렀다.

"알았어, 인마."

한정훈은 침착하게 1루 베이스를 밟은 뒤 홈으로 공을 내던졌다.

공은 낮고 빠르게 박지승의 미트에 처박혔다.

박지승은 포구 동작 그대로 미트를 끌고 와 홈플레이트를 향해 손을 뻗는 3루 주자 카데카 쇼타를 태그했다.

"아웃!"

구심이 단호하게 주먹을 내돌렸다.

카데카 쇼타가 아쉬운 마음에 박지승의 미트를 바라봤지만 한정훈이 정확하게 던져준 공은 미트 웹에 단단히 붙들려 있었다.

그렇게 무사 1, 3루 위기가 2사 2루로 바뀌었다.

"오오, 한뚱. 저걸 또 건져냈어!"

"대박인데? 아까는 우연인가 싶었는데 지금 보니까 제대로 수비를 하고 있잖아?"

"우연이라니? 한정훈이 1루 주자 뒤쪽으로 돌아 들어갔다가 공을 보고 다시 1루 베이스 쪽으로 붙은 거 다들 못 본 거야?"

"난 봤어. 그것 보고 제법이다 싶었는데 저렇게 깔끔하게 수비해 낼 줄은 몰랐다고."

"그런데 마츠다한테 초구 볼 던지지 않았어?"

"또 그놈의 볼 타령이야?"

"볼 맞아. 그래서 나도 내심 얻어맞겠다 싶었는데 운이 좋았어."

"운이 아니라 한정훈이 잘해준 거라니까."

"그게 운이지. 만약 강승혁이었다면 못 잡았을걸?"

"강승혁도 수비가 좋긴 하지만 우익수 병행하면서 1루 수비때 집중력이 좀 떨어진 건 사실이니까."

한정훈의 호수비 덕분에 기자들의 표정이 밝아졌다.

브랜든 파간도 한숨 돌렸는지 6번 타자 사쿠라이 유키를 중견수 플라이로 잡아내며 이닝을 끝마쳤다.

"나이스 피칭, 브랜든."

한정훈이 먼저 브랜든 파간에게 다가가 글러브를 내밀었다.

하지만 이번에도 브랜든 파간은 퉁명스럽게 굴었다.

"치워, 애송아."

제 글러브로 한정훈의 글러브를 툭 하고 쳐낸 뒤 제 갈 길을 갔다.

"저 자식 진짜!"

뒤에서 그 모습을 지켜본 최주찬이 또다시 열을 냈다. 한 번도 아니고 계속해서 이러는 건 한국 야구를 무시하는 처사나 다름없었다.

"흥분하지 마요, 형."

"뭐야, 너. 보살이냐? 넌 진짜 화도 안 나?"

"그럼 프로가 되어서 이런 걸로 싸워요?"

"저 자식은 프로의 기본도 안 되었잖아!"

"그러니까 내버려 두라고요. 기본도 안 된 놈하고 내가 싸울 수는 없잖아요. 안 그래요?"

한정훈이 씩 웃었다. 최주찬이 화를 내는 건 이해하지만 경기 중에 팀원들끼리 다툴 수는 없는 노릇이었다.

"크으으. 진짜 너나 승혁이나 둘 다 답답해 죽겠다."

최주찬이 한숨을 내쉬었다.

감정 표현에 솔직한 최주찬의 입장에서는 어지간해서는 참고 넘어가는 한정훈과 강승혁이 이해가 가질 않았다.

하지만 한정훈도 무조건 참고 보는 성격은 아니었다.

"그렇게 답답하면 이번에 시원하게 하나 때려요. 첫 타석 때처럼 초구 건드리지 말고요."

"나도 알아, 인마."

"알면 제발 잘해요. 누나는 맨날 전화하면 형 야구 잘하냐고 물어보는데 형이 자꾸 이러면 저도 입장 곤란해요."

"야, 인마. 너 진짜 가족끼리 이러기냐?"

"누가 가족이에요? 형 FA 대박 나기 전까진 어림없어요."

"와, 진짜. 누나나 동생이나 어쩜 그리 똑같냐."

"헐. 지금 우리 누나 욕한 거예요?"

"아니, 인마. 어쩜 그리 현명하냐 그 소리지."

툴툴거리며 타석에 들어선 최주찬은 공 3개를 내리 지켜봤다.

첫 타석 때 건드렸던 바깥쪽 슬라이더가 연달아 들어오며 눈을 현혹했지만 한세연을 생각하며 꾹 참아냈다.

그리고 몸 쪽 포심 패스트볼을 흘린 뒤 원 스트라이크 투볼 상황에서 바깥쪽으로 떨어지는 포크볼을 밀어쳐 스톰즈의 첫 번째 안타를 만들어 냈다.

"크아아!"

1루를 밟은 최주찬이 마치 역전 적시타라도 때린 것처럼 주먹을 들어 올렸다.

그러자 백종훈 감독이 어처구니없다는 표정을 지었다.

"저거 얻어걸린 거 아냐?"

"확실히 포크볼이 덜 떨어진 느낌입니다."

"고작 저거 하나 쳐놓고 호들갑이라니. 창피해서 원……."

"들어오면 따끔하게 한마디 하겠습니다."

백종훈 감독은 앞선 타석에서 한마디 했다고 최주찬이 반항을 하는 거라 오해했다.

하지만 한정훈과 강승혁은 최주찬이 충분히 환호할 만하다고 여겼다.

"주찬이 형이 정말 어려워하는 공인데 안 속고 잘 밀어쳤네

요."

"그러게, 이게 바로 사랑의 힘인가?"

"사랑의 힘은 무슨 사랑의 힘이에요. 누나한테 잔소리 듣고 싶지 않으니까 이 악물고 친 거겠죠."

"그게 사랑의 힘이지, 인마. 그건 그렇고 세희는 잘 크냐?"

"하하. 형, 형은 세희 감당 못 한다니까요."

"젠장. 그렇다고 세아 누나에게 대시할 수도 없고."

"아 진짜 요즘 왜들 이러지? 자꾸 쓸데없는 소리 말고 형도 하나 쳐요. 주찬이 형한테 두고두고 시달리지 말고."

한정훈이 피식 웃으며 대기 타석에 들어섰다.

이대로 정수인이 진루타를 쳐준다면 모처럼 득점권에 주자를 두고 타석에 임할 수 있을 것 같았다.

하지만 정수인이 때린 타구가 투수 옆을 지나 2루수 가구치 료스케의 정면으로 향하면서 순식간에 두 개의 아웃 카운트가 올라갔다.

최주찬이 이를 악물고 더블 플레이를 피해 보려 했지만 2루 송구처럼 곧장 굴러간 타구를 이기진 못했다.

"아, 젠장. 잘 맞았는데! 루상에 주자가 없었다면 안타였다고."

"먹힌 타구였어. 주자가 없었으면 투수가 끊었을 거야."

"그런데 왜 강공인 거야? 작전 안 나온 거지?"

"런 앤 히트라도 나왔으면 최주찬은 살았겠지. 그런데 정수인을 믿고 작전을 걸 수는 없잖아."

"하긴. 스톰즈 타자 중에 다나카 슈헤이의 공을 제대로 때린 건 아직까지 한뚱뿐이니까."

"차라리 잘 됐어. 주자가 없으니까 다나카 슈헤이도 승부하겠지."

"문제는 여기서 하나 나와 주느냐는 건데……"

기자들의 시선이 다시 타석으로 향했다.

흥! 후웅!

배트 링을 끼고 가볍게 연습 스윙을 마친 한정훈이 천천히 좌타석으로 들어왔다.

'주자는 없지만 까다로운 녀석이니까……'

포수 이토 케이사쿠는 초구에 바깥쪽 낮은 코스의 슬라이더를 요구했다.

다나카 슈헤이는 군말 없이 고개를 끄덕였다. 그리고 이토 케이사쿠의 미트를 향해 정확하게 공을 내던졌다.

퍼엉!

바깥쪽에서 형성된 공이 마지막 순간에 홈플레이트를 스치고 미트 속에 파묻혔다.

"스트라이크!"

구심이 잠시 뜸을 들이다 오른팔을 들어 올렸다. 뒤이어 전광판의 스트라이크 램프에 노란 불이 들어왔다.

"젠장, 저게 왜 스트라이크야?"

"백도어성 공인가?"

"아무리 백도어여도 그렇지. 완전히 빠진 공이잖아."

"모르지. 구심의 눈에는 걸쳐 들어오게 보였을지도."

"괜찮아. 저런 건 안 치는 게 나아. 쳐봐야 땅볼이었을 거라고."

기자들은 저마다 아쉬움을 감추지 못했다.

한정훈의 장타력을 의식해 바깥쪽으로 찔러 넣은 공이 운 좋게 스트라이크가 되어버렸으니 한정훈도 머릿속이 복잡해졌을 거라 여겼다.

그러나 한정훈은 고개를 한 번 주억거리고 넘어갔다.

2사 이후에 같은 공이 또 들어온다면 골치 아프겠지만 볼카운트가 몰리기 전까지는 굳이 신경 쓸 코스가 아니었다.

'전혀 당황하지 않는다는 건 몸 쪽을 노린다는 뜻일까? 아니야. 또 모르지. 바깥쪽으로 노릴지도.'

한정훈을 힐끔 바라본 이토 케이사쿠가 2구째 바깥쪽에서 떨어지는 체인지업을 요구했다.

가볍게 고개를 끄덕인 뒤 다나카 슈헤이가 힘차게 공을 내던졌다.

후앗!

다나카 슈헤이의 손끝을 빠져나간 공이 한복판을 지나 바깥쪽으로 흘러나갔다.

하지만 한정훈은 속지 않았다.

파워 포지션에서 방망이를 멈춰 세운 뒤 공을 그대로 지켜봤다.

이토 케이사쿠가 뒤늦게 미트를 뻗어 공을 받쳐 들었지만 구심의 스트라이크 콜은 들리지 않았다.

'역시, 만만치가 않아.'

원 스트라이크 원 볼 상황에서 이토 케이사쿠가 선택한 건 몸 쪽에 붙는 포심 패스트볼이었다.

기왕에 몸 쪽 승부를 해야 한다면 가장 힘 있고 빠른 구종을 던질 수밖에 없다고 여겼다.

사인을 확인한 다나카 슈헤이도 입술을 질근 깨물었다.

'몸 쪽 승부!'

다나카 슈헤이는 포심 패스트볼 그립으로 공을 단단히 움켜쥐었다.

그러고는 기합성을 내지르며 있는 힘껏 팔을 내돌렸다.

후앗!

다나카 슈헤이의 손끝을 빠져나간 공이 한정훈의 몸 쪽으로 붙들었다.

스트라이크보다는 볼에 가까운 공이었지만 한정훈은 망설

이지 않고 방망이를 내돌렸다.

제구력이 좋은 투수를 상대로 완벽하게 입맛에 맞는 공이 날아들기를 기다리는 건 과욕이었다.

따악!

허벅지 옆쪽에서 걸린 공이 요란한 파열음과 함께 뻗어나갔다.

순간 기자들이 동시에 자리에서 벌떡 일어났다.

하지만.

"아아, 젠장할."

"타이밍이 좀 빨랐나?"

1루 쪽 폴대 오른쪽으로 빠져나가는 타구를 보며 아쉬움을 삼켜야 했다.

"후우……."

하마터면 넘어갈 뻔한 타구를 바라보며 다나카 슈헤이가 무겁게 한숨을 내쉬었다.

전력을 다해 던진 공이었다. 그것도 파울을 유도하기 위해 몸 쪽에 붙여넣은 유인구였다.

그런데 그 공을 기다렸다는 듯이 받아쳐 아슬아슬한 파울 홈런을 만들어 냈다.

"나만 성장한 게 아니라 이거지?"

다나카 슈헤이의 시선이 다시 한정훈에게 향했다. 기분 탓인지는 모르겠지만 잠깐 사이에 한정훈이 훨씬 크게 느껴졌다.

"흠⋯⋯. 위험한데."

한정훈과 다나카 슈헤이의 대결을 지켜보던 오가타 고치 감독이 미간을 찌푸렸다.

다나카 슈헤이가 한정훈을 잡아내면서 한 단계 더 성장하길 바랐는데 분위기가 이상하게 흘러가고 있었다.

"한번 확인해 봐."

"알겠습니다."

오가타 고치 감독의 지시를 받은 야마다 카즈 수석 코치가 이토 케이사쿠와 잠시 수신호를 주고받았다.

"구위는 괜찮다고 합니다."

"투구 수는 몇 개지?"

"아직 47구밖에 되지 않았습니다."

"흠. 그렇다면 심리적인 문제란 말인데⋯⋯."

오가타 고치 감독은 다나카 슈헤이가 한정훈에게 트라우마를 가지고 있는지도 모른다고 여겼다.

설마하니 이제 프로 리그에 올라온 한정훈이 미래의 에이스 감으로 점찍은 다나카 슈헤이의 공을 완벽하게 받아치고 있다고는 생각하지 않았다.

"일단 더 지켜봐야겠지?"

"정말 심리적인 문제라면 어떻게든 극복해야 하니까요."

"좋아, 지켜보자고."

오가타 고치 감독이 뒤늦게 손뼉을 쳤다.

그 수신호를 확인한 뒤에야 이토 케이사쿠가 4구 사인을 냈다.

코스는 바깥쪽.

구종은 포크볼.

앞서 얻어맞은 구종이긴 하지만 투 스트라이크 원 볼이고 코스가 다른 만큼 충분히 승산이 있다고 여겼다.

사인을 확인한 다나카 슈헤이도 크게 숨을 들이켰다.

'잡을 수 있다. 잡을 수 있어.'

그렇게 한참 동안 중얼거린 뒤 다나카 슈헤이가 포크볼 그립을 잡았다.

그리고 이토 케이사쿠의 미트를 향해 힘차게 공을 내던졌다.

후앗!

비산하는 로진 가루를 뚫고 빠져나온 공은 낮고 빨랐다. 9미터까지는 포심 패스트볼과 거의 유사하게 날아들었다.

하지만 한정훈은 침착하게 조금 더 공을 지켜보았다.

그렇게 10미터쯤 지나 공이 미세하게 꿈틀거리자 번개처럼 방망이를 내돌렸다.

따악!

날카로운 파열음이 경기장에 울려 퍼졌다. 뒤이어 좌익수 마츠다 류헤이가 펜스를 향해 내달리기 시작했다.

하지만 마지막 순간에 더 뻗어나간 타구는 마츠다 류헤이의 손이 닿을 수 없는 곳으로 사라져 버렸다.

"크아아아!"

"넘어갔다!"

스톰즈 더그아웃이 떠들썩하게 변했다. 그사이 한정훈이 다이아몬드를 돌고 홈을 밟았다.

"구뤠이트! 완다푸울!"

"잘했어, 정훈아!"

미구엘 산토스와 강승혁이 나란히 서서 한정훈에게 손바닥을 내밀었다.

"산토스하고 형도 하나씩 쳐요. 알았죠."

한정훈이 기를 나눠주듯 두 사람의 손바닥을 힘껏 때렸다.

그러고는 감독석과 연결된 더그아웃 앞쪽 통로로 들어갔다.

백종훈 감독이 반겨줄 것 같진 않았지만 홈런의 기쁨을 함께 나누고 싶은 욕심이 들었다.

"이제야 하나 했구나."

예상대로 백종훈 감독은 하이파이브 대신 쓴소리를 늘어놓왔다.

마치 붙박이 4번 타자로 기용하기라도 한 것처럼 구는 백종훈 감독의 당당함에 한정훈은 쓴웃음을 짓고 말았다.

백종훈 감독이 냉랭하게 굴자 코칭스태프들도 분위기에 동조했다.

"잘 쳤다."

"수고했다."

다들 지나가는 말로 한마디씩 던질 뿐 손바닥을 내밀거나 한정훈의 헬멧을 두드리려 들지 않았다.

하지만 선수들은 달랐다. 카프스의 원투펀치인 노무라 유스케츠나 오세하라 다이치도 아니고 비슷한 또래의 다나카 슈헤이에게 1안타로 끌려가는 가운데 한정훈이 숨통을 트여줬으니 다들 기쁨을 감추지 못했다.

특히나 앞선 타석에서 병살타를 때렸던 정수인은 한정훈을 꼭 끌어안고 놓아주질 않았다.

"정훈아, 진짜 고맙다. 정말 고마워."

"알았으니까 좀 놔라. 덥다."

"뽀뽀 한 번만 하면 안 되냐?"

"죽을래?"

"죽어도 좋으니 뽀뽀 한 번만 하자."

"너 진짜 그러다 죽는다아."

정수인에 이어 최주찬도 한정훈에게 들러붙었다.

"역시, 내 새끼. 잘했다. 잘했어."

"내가 왜 형 새끼에요?"

"야, 인마. 한 가족끼리 이것저것 따지는 거 아냐."

"일단 FA 대박부터 치고 말하라니까요?"

"아무튼, 이리 와. 형이 오랜만에 찐하게……."

"뽀뽀하기만 해요. 누나한테 형 클럽 갔다고 다 말할 거니까."

"안아준다고. 나도 징그러운 놈들하고는 뽀뽀하기 싫어, 인마."

최주찬은 쭉 내밀었던 입술을 도로 집어넣으며 한정훈을 꼭 끌어안았다.

그리고 한정훈의 귓가에 나직이 속삭였다.

"정훈아. 이 타이밍에 이런 말해서 미안한데……."

"……?"

"공수교대다. 글러브 챙겨라."

"농담하지 마요."

한정훈이 냉큼 최주찬을 밀어내고 그라운드를 바라봤다. 최주찬의 말처럼 카프스 선수들이 더그아웃으로 들어가고 있었다.

"뭐예요? 삼진이에요?"

"아무 소리 안 났잖아. 그럼 삼진이지. 빨리빨리 장비 풀고 글러브 챙겨. 챙기는 김에 저 녀석 것도 가져다주고."

최주찬이 짓궂게 웃으며 한정훈의 등을 떠밀었다.

"하아, 쉴 틈이 없네."

한정훈은 엉덩이를 붙일 새도 없이 다시 더그아웃을 나섰다. 미구엘 산토스는 심각한 얼굴로 타석에 머물러 있었다.

"산토스, 글러브 받아."

"어, 고마워. 한."

글러브를 받아 든 미구엘 산토스가 텅 빈 마운드 쪽으로 고개를 돌렸다.

모두가 한정훈의 홈런에 정신이 팔린 사이 아시아 선수에게 3구 삼진을 당한 게 아직도 억울한 모양이었다.

"정신 차리고 어서 자리로 돌아가. 그러다 감독님한테 한 소리 듣지 말고."

그냥 지나치려던 한정훈이 다시 다가와 미구엘 산토스의 등을 툭툭 두드렸다.

이어지는 수비를 위해서라도 지나간 타석은 털어내는 게 좋았다.

그러자 미구엘 산토스가 눈을 반짝였다.

"뭐야, 한. 너 영어 잘하잖아?"

"내가 영어를 못 한다고 말한 적은 없었던 것 같은데."

"그야…… 다른 선수들은 영어를 거의 못하니까."

"가끔 네가 다른 선수들 흉봤던 건 못 들은 걸로 해줄게."

한정훈은 피식 웃었다.

아마추어 코치 시절 프로야구 지도자를 꿈꾸며 꾸준히 영어 학원을 다닌 덕분에 기본적인 영어 회화는 큰 문제가 없었다.

"그런데 무슨 공에 당한 거야?"

"스플리터."

"스플리터? 포크볼?"

"그래. 네가 때려낸 그 공이 3개 연속으로 들어왔다고."

미구엘 산토스가 다시 미간을 찌푸렸다.

3개의 포크볼이 연속해서 날아들었지만 때리기는커녕 공을 건드리지도 못했다.

"일본 투수들은 포크볼이 좋잖아."

한정훈이 미구엘 산토스를 달랬다.

미구엘 산토스의 심정은 충분히 이해하지만 그렇다고 해서 지나간 타석에 미련을 두는 건 의미가 없었다.

"그래도 잊어버려. 다음 타석 때 하나 때려내면 되잖아."

"제장, 타이밍이 전혀 맞지 않아. 넌 그걸 어떻게 때려낸 거야?"

"그야…… 운이 좋았던 거지 뭐."

"운이라니! 거짓말하지 마. 넌 저 녀석의 스플리터를 제대로 받아쳤잖아!"

"제대로 받아친 건 아니었어. 방금 전 홈런은 운이 따랐다니까."

"어쨌든! 나한테도 그 비법을 알려 줘. 설마 내가 외국인이라고 차별하려는 건 아니지?"

"나 참. 알았어. 이번 이닝 끝나고 설명해 줄 테니까 빨리 자리로 돌아가. 다들 우리만 바라보고 있다고."

한정훈의 말처럼 스톰즈 선수들은 진즉 제자리에 들어간 상태였다.

브랜든 파간이 마운드를 고르며 시간을 끌지 않았다면 카프스 벤치에서 경기를 방해한다고 항의를 했을지도 몰랐다.

"오케이, 약속 꼭 지켜야 해."

"얼른 가, 너 그러다 진짜 감독님한테 찍힌다."

미구엘 산토스의 엉덩이를 힘껏 때린 뒤 한정훈은 재빨리 1루에 복귀했다.

그러자 브랜든 파간이 살짝 눈가를 찌푸리고는 다시 투구판에 올라섰다.

"짜식, 그래도 고맙긴 하나 보네."

한정훈은 유격수 최주찬이 던져준 공을 받아 브랜든 파간에게 던져주었다.

"쓸데없는 데 신경 쓰지 말고 수비 똑바로 해, 애송이."

브랜든 파간이 한정훈을 보며 투덜거렸다.

"짜식, 끝까지 애송이네."

한정훈이 못 들은 척 웃어넘겼다.

5회 초가 시작되자 오가타 고치 감독이 더그아웃을 나와 구심에게 걸어갔다.

그리고 잠시 뒤. 사쿠라이 유키를 대신해 이라이 다카히로가 타석에 들어섰다.

"이라이 선수가 나왔네."

"저 선수 교포라며?"

"일본으로 귀화한 지가 언제인데 교포 타령이야."

"그래도 대단해. 77년생인데 아직까지 현역으로 뛰는 걸 보면 말이야."

"그것도 올해가 마지막일지 몰라. 작년 성적은 처참했으니까."

기자들의 시선이 이라이 다카히로에게 향했다. 귀화 여부를 떠나 한국인의 피가 흐른다는 사실만으로도 관심을 끌기에 충분했다.

이라이 다카히로도 모처럼 잡은 기회를 놓치지 않겠다며 방망이를 단단히 움켜쥐었다.

하지만 애석하게도.

퍼엉!

브랜든 파간의 초구는 몸 쪽 스트라이크존을 정확하게 꿰뚫고 지나가 버렸다.

"아깝네. 저걸 놓치다니."

"초구부터 몸 쪽 승부가 들어오리라고는 생각 못 한 거겠지."

"작년부터 스윙 스피드가 떨어지면서 몸 쪽에 약점을 보였잖아."

"나이는 속일 수 없다 이건가."

"이만큼 버틴 것도 대단한 거지 뭘."

기자들은 아쉬움을 감추지 못했다.

이라이 다카히로가 2구와 3구에 연속으로 헛스윙을 하고 물러날 때는 탄식이 흘러나오기도 했다.

하지만 한정훈은 이라이 다카히로의 삼진이 결코 비참하게 느껴지지 않았다.

'마흔다섯에 아직도 저런 스윙을 할 수 있다니. 정말 대단한 선수야.'

이라이 다카히로를 보며 한정훈은 이승협을 떠올렸다.

만 40세까지 현역에서 뛰며 475개의 홈런을 때려낸 이승협은 한정훈뿐만 아니라 모든 좌타자의 롤모델이자 지향점이었다.

특히나 이승엽은 은퇴 시즌에도 32개의 타구를 담장 밖으로 넘기며 전성기 못지않은 실력을 뽐냈다.

'고작 이 정도로 만족하지 말자. 이승엽 선배가 마흔두 살까지 야구를 했으니 나는 못해도 마흔셋까지는 해야지.'

첫 홈런으로 들떴던 마음을 가라앉히며 한정훈은 마음을 다잡았다.

기껏 과거로 돌아와서 한두 해 반짝하는 선수로 끝나 버린다면 야구의 신에게 두고두고 구박을 받을 것 같았다.

이라이 다카히로를 공 3개로 잡아낸 브랜든 파간은 기세를 몰아 우에모토 타카시도 삼진으로 돌려 세웠다.

초구 체인지업이 몸 쪽 낮게 떨어졌지만 우에모토 타카시가 건드려 주면서 스트라이크를 잡고 시작한 게 도움이 됐다.

이어 8번 타자 이토 케이사쿠를 유격수 뜬 공으로 유도하며 브랜든 파간은 깔끔하게 이닝을 마쳤다.

"나이스 피칭."

한정훈이 이번에도 브랜든 파간에게 다가가 글러브를 내밀었다.

"귀찮게 하는군."

브랜든 파간이 마지못한 얼굴로 제 글러브를 가져다 댔다.

그러자 최주찬이 냉큼 한정훈에게 들러붙었다.

"뭐야? 뭔데?"

"뭐가요?"

"아까 뭐라고 했어? 저 자식 갑자기 왜 저러는데?"

"오늘 경기 잘 던지고 있잖아요. 그러니까 기분이 좀 풀렸나 보죠."

"뭐? 그럼 지금까지 꿍해 있었던 게 성적 때문이었다고?"

"형도 안타 못 치면 더그아웃 구석 가서 인상 쓰고 있잖아요."

"야, 쟤하고 나하고 같냐?"

"파간은 외국인이고 조금만 못 던져도 연봉도 다 못 받고 짐 싸서 돌아가야 한다고요. 절박함만 따지면 파간이 더 할걸요?"

"쳇, 그래. 너 잘났다. 아주 대단한 성인 나셨어."

최주찬이 툴툴거리며 앞서 걸어갔다. 그리고 그사이로 미구엘 산토스가 끼어들었다.

"한! 나 가르쳐 주기로 한 거 잊지 않았지?"

"그냥 운이 좋았다니까 그러네."

"나 외국인이라고 자꾸 차별할 거야?"

"알았다. 알았어. 하아……. 대신에 내 말은 그냥 참고만 해. 알았지?"

"오케이. 나도 그 정도는 알고 있다고."

한정훈은 미구엘 산토스를 더그아웃과 불펜 사이의 공간으로 데려갔다.

백종훈 감독의 시선을 피하기에는 이보다 좋은 곳이 없었다.

"아까 포크볼을 쳤을 때 스윙을 어떻게 한 거야?"

"스윙? 해볼까?"

"그래. 한번 휘둘러 봐. 입으로 떠드는 것보다 한 번 보는 게 나으니까."

"오케이. 잘 봐."

미구엘 산토스는 옆에 있던 방망이를 집어 들어 시원하게 내돌렸다.

방망이가 가벼워서 그런지 몰라도 허공을 가르는 소리가 소름 끼치게 들렸다.

그러나 한정훈의 시선은 방망이가 아니라 미구엘 산토스의 다리를 향해 있었다.

"아까 이런 식으로 스윙했다고?"

"그래, 뭐가 문제인 거 같아?"

"이 스윙만 놓고 보면 문제가 없는 거 같은데?"

"그렇지? 그런데 이상하게 공이 방망이 끝에서 사라져 버리는 기분이야."

"흠……. 타이밍은 어떻게 맞췄어?"

"무브먼트가 좋으니까 조금 앞쪽에서 때리려고 했는데."

"그런데도 타이밍이 맞지 않았다면 뒷다리를 써 봐."

"뒷다리?"

"그래, 네 굵은 뒷다리로 최대한 버텨 보라고."

"어떻게?"

"이렇게 한번 해볼래?"

한정훈은 직접 방망이를 들고 시범을 보였다.

그래도 미구엘 산토스가 이해하지 못하자 코치 시절의 경험을 살려 원 포인트 레슨에 들어갔다.

"이 시점에서 무게 중심을 뒷다리에 남겨놓으면……."

다행히도 백종훈 감독과 코칭스태프는 그 모습을 보지 못했다.

양 팀 선수들과 기자들도 마찬가지.

다들 다나카 슈헤이와 강승혁의 대결에 정신이 팔려 있었다.

그러나 유독 한 사람만은 한정훈이 미구엘 산토스와 구석진 자리로 옮길 때부터 눈을 떼지 못했다.

"그러니까 그걸 뒷다리로 버텨서 때렸다 이 말인가."

오가타 고치 감독은 한정훈의 홈런을 곱씹었다.

분명 제대로 맞은 타구는 아니었다.

그래서 막연히 포크볼이 제대로 떨어지지 않은 거라고 여겼다.

그런데 한정훈의 동작을 보니 어쩌면 제대로 된 공을 받아 쳤을지도 모른다는 생각이 들었다.

"다나카가 몇 회까지 던질 수 있을까?"

"투구 수만 놓고 보자면 7회까지는 가능할 것 같습니다. 다만 7회에 다시 53번을 상대해야 해서 그전에 바꿔줄 생각입니다."

"아니, 53번까지 상대하도록 해."

"네?"

"한 번 더 보자고. 우연인지 실력인지."

오가타 고치 감독의 배려(?) 속에 다나카 슈헤이는 7회에도 마운드에 올랐다.

그리고 선두 타자로 들어선 한정훈을 상대했다.

7회까지 점수는 1 대 0.

한정훈을 제외하고는 그 누구도 홈을 밟지 못했다.

"이번에는 지지 않겠다."

다나카 슈헤이는 이대로 경기를 끝내고 싶지 않았다. 승리 투수는 되지 못하더라도 한정훈에게 얻어맞았던 홈런은 만회하고 싶었다.

포수 이토 케이사쿠는 오가타 고치 감독의 주문대로 초구부터 포크볼 사인을 내며 다나카 슈헤이의 사기를 끌어 올렸다.

"어디, 또 때려 봐라!"

크게 들이켠 숨을 반쯤 뱉어낸 뒤 다나카 슈헤이가 이를 악물고 공을 내던졌다.

후앗!

다나카 슈헤이의 손끝을 빠져나간 공이 한정훈의 무릎 위쪽으로 날아들었다.

그러자 한정훈도 망설이지 않고 방망이를 내돌렸다.

따악!

방망이 중심에 제대로 걸린 공아 쭉 뻗어나갔다.

"그렇지!"

"또 넘어갔다아아!"

경기를 지켜보던 기자들의 입에서 환호성이 터져 나왔다.

"허."

"빌어먹을."

담장을 지나 구장 밖으로 넘어가는 타구를 보며 양 팀 감독이 고개를 절레절레 흔들어댔다.

그사이 부지런히 베이스를 돈 한정훈이 다시 한번 홈플레이트를 짓밟았다.

To Be Continued

한태민 현대 판타지 장편소설
Wish Books
채널마스터
CHANNEL MASTER
할아버지 집 창고 정리 중 찾아낸 텔레비전.
그런데 이놈 보통 텔레비전이 아니다.
[채널 마스터 시스템에 접속하였습니다.]
[사용자의 정보를 분석합니다.]
[필요로 하는 채널을 업데이트합니다.]
경험을 쌓아서 채널을 더 확보해라!
그 채널이 고스란히 네 능력이 되어줄 테니.